꽃이 내게 준
위로와 감동을
그대에게도 주기를

_____ 님께

꽃이 내게로 와!

초판 1쇄 발행 2021년 04월 26일

지 은 이   여여스님 ⓒ 2021

펴 낸 이   김환기
펴 낸 곳   도서출판 이른아침
주   소   경기 고양시 일산동구 정발산로 24 웨스턴타워 업무4동 718호
전   화   031-908-7995
팩   스   070-4758-0887
등   록   2003년 9월 30일 제313-2003-00324호
이 메 일   booksorie@naver.com

ISBN 978-89-6745-122-6 (03810)

여여스님 지음

꽃이
내게로
와!

이른아침

꽃이 내게로 와

들어가며

방문을 여니
새벽빛 속으로 펄펄
백화가 휘날린다.

우수도 지나고 경칩인데
벙근 매화 위로
살포시 백화가 앉고
새 봄
새 아침을 알리는
새 소리 정겹다.

봄을 기다리는
위대한 서민들에게
꽃소식을 전하며

그들에게 복 있기를……

꽃은 또 핀다.

눈 오는 경칩에
여어 지극히 합장하며

차 례

봄

여름

꽃이 내게로 와

5월이면 마당은 보라 융단을 깐다.
꿀풀꽃이다.

"마당에 무슨 꽃을 심지?"
처음 이곳에 와서 생각하던 중
"5대 항암약초인 꿀풀" 하고 떠올랐다.
내가 좋아하는 보라색 꽃이고
마침 집에서 1시간쯤 떨어진 산에서 군락을 보았기에
조금 솎아다 심을 요량으로 일기예보를 체크하고 있었다.
비 오기 전날 심어야 잘 살기 때문이다.

그러던 어느 날……
여느 때처럼 아침 산책을 나섰다가
깜짝 놀랐다. 가슴이 쿵쾅 뛰었다.
집 옆으로 붙은 산에 꿀풀이 다 와서
앉아 있는 게 아닌가.
"아아 고마워, 너희들이 와주었구나."
한없이 합장하며 절하고 또 절하였다.
"그래 나와 함께 살자꾸나. 내가 정말 예뻐해 줄게."

하루 종일 걸려도 못할 일인데
반나절도 안 돼서 마당을 꿀풀밭으로 만들었다.
꿀풀꽃이 피면 마당의 큰 돌 차판 앞,
꽃 속에 앉아 꽃차를 마신다.
꽃들이 너무 고맙기만 하다.

때마침 붉은병꽃이 긴 가지마다
빨간 꽃들을 조랑조랑 달고 늘어져
"스님, 우리도 끼워줘요!" 한다.

꿀풀은 이제 사정없이 번져서
해마다 솎아서 나눠준다.
석빙고 큰 돌담 사이 인동꽃도 그렇게 내게로 왔었다.
어떻게 저 돌담 사이에서 인동꽃이 나와 필 수 있을까?
신기하고 고맙다.

인동꽃과 붉은병꽃

구절초

석빙고 위 하늘타리도, 장독대의 엉겅퀴도,
버드쟁이나물도, 갈퀴나물도, 뒷산의 구절초도,
다 그렇게 내게로 와주었다.

꽃이 내게로 와

꽃이 내게 준
위로와 감동을
그대에게도 주기를

春 봄
(3월·4월·5월)

봄맞이

– 봄의 속삭임

봄맞이

반짝
눈 뜬 아기 같다.

두근대며 널 맞는다.

제비꽃

어디서 이런 고운 향기가 나지?
오! 바로 너로구나.
온 집을 둘러 무더기 무더기
제비꽃이 피었다.
참 너의 향기는 천상의 것이구나.

꽁꽁 언 땅속에서 꽃다지도
잔뜩 웅크리고 노오란 꽃을 피웠네.
몰랐어. 네가 핀 줄.
너무 작아 앉아서 보아야 겨우 보이는구나.
숲은 아직 말라 있고
광대나물이 양지쪽에서 붉은빛을 내기 시작하고
산수유꽃은 땡글땡글 맺어 곧 꽃망울을 터트릴 기세며
부푼 흙 속에서 머위도 진보랏빛 물을 머금었고
붓꽃과 범부채도 뾰족 새순을 내밀었다.
꿀풀 속순도 곧 기지개를 켤 시세다.
산비둘기가 꾸꾸우 꾸꾸 꾸꾸우 꾸꾸
노래한다.

바람이 싱그러움을 실어오고
방문을 활짝 열고 호수를 내려다보며 차를 마시는 기분이
산뜻하기 그지없다.
채전 땅은 부풀 대로 부풀었다.
언덕배기에는 달래가 수염처럼 늘어졌고 온통 냉이 천지다.
점심엔 냉잇국을 끓여야겠다.

봄이다.

광대나물
— 그리운 봄

참으로 품위 있는 광대구나.
말간 진홍빛
이토록 고귀한 빛깔을
어떻게 광대가 내니?

넌 최고의 광대야.
너땜에
늘
봄이 그리워.

꽃다지
– 무관심

어쩌면 이리도 해맑니?
너의 노오란 웃음

우와!
이런 보드라운 솜털도 처음 본다.
모두가 무심히 지나치지만
순간, 마주친 너의 어린 미소가
내내 가슴 속에 남아 있다

꽃차 한잔

양지쪽에 옹기종이
꽃다지 한 무더기
제비꽃 한 무더기
하얗게 웃어대는 봄맞이 한 무더기

살랑대며 들어오는 봄바람을
햇살에 녹여
찻물 보글보글 끓여서
예쁜 미소 우려 마신다.

아직도 마음 녹지 않은 그대들이여
함께 나눠봐요
이 꽃차 한잔

산수유

봄비

새벽에
마당에 나서니
소리도 없이 조용히 봄비가 온다.
방문을 열어두고
한참을 앉았으니
비는 이제 소리 내어 내리고
날이 밝아온다.

비에 세수한 말간 새싹이 생기에 넘친다.
활짝 핀 산수유꽃에 빗방울이 영롱하다.
멀리 호수는 고요하고
장독대에 토닥이는 빗소리는 정겹다
어느새 상사화 싹이 쑥 올라와 있다.

비가 그치면
쑥을 캐야겠다.

꽃샘 눈

올해도 여지없이 봄눈이 온다.
어제는 종일 방문을 열어두었는데
오늘은 얼음도 얼고 바람도 거세게 분다.
아침부터 풍경소리 시끄럽고
겨우 떠오른 햇님도 추워서
구름 뒤로 숨어버렸다.
아, 꽃들… 어쩌지?

점점 심해지는 바람은 이제 큰 소나무까지 흔들어 댄다.
우와! 눈보라가 휘몰아친다.
한참을 야단법석이더니
또 해가 난다.
호수도 반짝거린다.

변덕쟁이.

매화

– 고결

온 오두막을 감싸는 고귀한 향기
자태는 정경부인이다
집 입구의 오래된 매화나무 한 그루.

처음에는 대숲에 묻혀 보이지도 않았다.
주변에 매화나무가 많아서 향기가 나나 보다 했는데
자세히 보니
고목에서 가지 몇 개가 나와서 하얀 꽃을 피우고 있었다.
큰 뽕나무와 얽혀서.

대나무를 베어내고 몇 년이 지나니
이제 제대로 가지를 뻗어
있는 대로 꽃을 피운다.
차실에 앉아서 내다보면
앞산과 호수를 배경으로 그림이다.

마당 주변으로
설중매, 청매, 홍매, 옥매, 분홍매, 수양매 나무를 심었다.
지금은 봄이면 매화 속에 행복하다.
구절초 필 무렵 피는 풀꽃 매화,
물매화도 심었다.

설중매

백매

홍매

청매

옥매

분홍매

황매

매화 7종으로 우려낸 차

생강나무꽃

− 매혹

뒷산 양지바른 쪽에
커다란 생강나무
연둣빛 가득 품은 노란 꽃이 피었다.
한 줌 따다 우리니
연둣빛 풋내가 솔솔 난다.
은근한 생강내를 풍기며.

어! 갑자기 눈보라가 친다.
이 무슨 조화지?
생강꽃이 너무 예뻐 샘이 났나?
온 산이 금방 눈에 싸였다.
생강꽃이 걱정되어 산에 오르니
하얀 눈이 꽃을 포근히 감싸고 있다.
정답기도 하다.
괜한 걱정 멋적어
슬며시 산길을 내려오니
기다랗게 발자국이 하얀 새 길을 내며 따라온다.

산뜻한 솔 내가
눈 속에서 생강꽃 향기와 어울려
아리도록 깨끗하게 코끝에 온다.

히어리꽃

– 봄의 노래

히어리는 순우리말이다.
해를 여는 나무라는 의미가 있고
잎보다 꽃이 먼저 핀다.
빛을 받으면 하얗게 반사되어
"희다"라는 의미의 순우리말
히어리라는 이름이 붙었다.
한국에만 자생하는 특산종이며
전남 순천의 송광사에서 최초로 발견되어
'송광납판화', '송광꽃나무'라고도 불린다.
북한에서는 납판화라고 부른단다.

여기서 가까운 지리산에도 군락이 많아서
구례 산수유마을에 꽃이 필 때면 함께 피
어서
자주 지리산에 가게 된다.
산수유보다 히어리를 보려고.

노란 등불같이 늘어져
신비스러운 꽃이다.
자랑스런 우리 꽃 히어리.

새들 노랫소리에

해 뜰 무렵
장독대 위에 모이를 주면
온갖 새들이 차례로 와 먹는다.
물까치 수십 마리가 한꺼번에 날아든다.
막 꽃을 피운 산수유 나뭇가지에서
삼삼오오 노닥거린다.
참새들도 떼 지어 날아들고
비둘기는 꼭 오는 녀석 한 마리만 온다.

차례대로 천천히 먹는다.
까치도 한 마리만 온다.
그 곁에는 작은 새들이 함께
조잘거리며 모이를 먹는다.

물까치보다 더 덩치가 큰 새 한 마리가
뒷모습을 보이며
높은 참죽나무 가지에 앉아 호수를 바라보고
근엄하게 앉아 있다.
보스인가?
그 큰 새가 앉아 있으면 아무 새도 얼씬하지 않는다.
이름도 모르는 그 큰 새는 아주 위엄있게
조용히 움직이지도 않고 그림같이 앉아 있다.
시끄럽게 조잘대던 작은 새들이
일제히 조용해진다.
좌선 중이신가?

나는 저절로 웃음이 나온다.
새들의 생태계에도 질서가 있겠지.

산수유꽃
– 영원불멸의 사랑

숲속에 노랗게 생강나무꽃이 피면
여지없이 함께 피는 꽃이다.
구례 산수유마을 꽃들은 정말 장관이다.
3월이면 축제가 열리고
나도 언제나 지리산을 넘어 꽃구경을 간다.
첫 봄축제다.
겨울에 빨갛게 달려 있는 남은 열매들은 꽃보다 더 예쁘다.
구례 산동면에 500년 된 산수유나무가 있고
남원 주천면 용궁리 지리산 자락에
1,100년 전에 자리 잡은 우리나라에서 가장 오래된 산수유나무가 있다.
구례, 남원 쪽으로 가면 봄을 알리는 산수유나무 가로수가 많다.
지리산을 넘고 섬진강을 지나,
남해로 가는 봄 길 드라이브는 최고다.

큰봄까치풀꽃

– 기쁜 소식

그 푸르른 작은 풀꽃
보랏빛도 품었다.
너무 작아 쪼그리고 앉아서 본다.
푸른빛 보랏빛 예쁜 결을 내며
양지쪽 풀밭에 옹기종기 피어있다.

지나가시던 할머니가
"스님, 뭐 하세요?" 하며 같이 앉으신다.
한 송이 따서 손바닥에 가만히 올려 주니 소녀처럼 웃으신다.
"큰봄까치풀꽃이에요."
이름을 가르쳐 드리니
"이름도 참 곱다" 하시며 좋아하신다.

어느새 봄이 성큼 와있고
하동 매화마을 매화 밑에는
온통 푸르른 큰봄까치풀이 매화와 함께 기쁜 소식을 알린다.

"봄이에요!"

솜나물꽃

– 발랄

에고 ―
깜짝이야!
솔가리 속에 숨어서
밟을 뻔했잖아.

솜털이 뽀송뽀송한 작은 꽃이
애처럽도록 예쁘다.
붉은 연지를 칠한 꽃이
발랄하기도 하다.

긴병꽃풀

– 기다리는 봄

산길을 가다
시냇물 소리에 귀를 씻고 앉아
맑은 물 두 손으로 떠서 마시니
연한 보랏빛 작은 꽃이
줄기 따라 길게 피어나서
아주 개운한 향기를 낸다.

반갑구나.
박하 향보다 더 산뜻한 향이 난다.

동그란 이파리가 동전같이 생겼다고
금전초라 부른다.
얼음 녹기 기다리며 시냇가에서
봄을 많이 기다렸나 보다.
다투어 길게 길게 피어난다.
예부터 결석을 녹이는 데 특효약으로 쓰여왔다.

매화마을

이른 아침 방문을 여니
매화향이 온몸을 떠밀 듯이 확 감싼다.
집 안의 매화들이 다 피어버렸으니
그럴 만도 하다.
섬진강 매화마을의 풍경이 그리워 집을 나섰다.

거창을 지나 남원을 지나 구례 산동마을에 들러
절정인 산수유꽃에 반해 발길이 늦어진다.
사진을 찍고 또 찍고
시간 가는 줄 모르고 산수유꽃과 노닐다
섬진강을 돌아 광양 매화마을이다.
일찍 나선 덕에 아직 한적하고
사람들이 별로 없어 조용하다.

섬진강은 유유히 흐르고 온천지가 매화다.
천지강산에 매화향만 그득하다.
고귀한 이 향기가 겨우내 묵은 마음 때를 일순 씻어내어
섬진강 따라 흘러가 버린다.
치유!
대자연의 위력은 참으로 대단하다.
담박 새사람이 되어서 극락을 즐긴다.

꽃이 내게로 와

백매화

큰 매실나무 밑에는
큰봄까치꽃들과 광대나물꽃이
푸른빛 붉은빛으로 수를 놓고 있다.
신들의 정원이다.
까치들 장단 맞춰 노래하고
아직 해는 중천에 있으니
남해까지 한 바퀴 돌고
다시 이 꽃길로 와 강가로 내려가
모래사장을 걸어본다.
강물 소리 들으며
내가 나고 자란 남강 가를 추억한다.

꽃이 내게로 와

유년 시절을 남강 가에서 보냈다.
그 강물을 먹고 그 강물에서 미역 감고
발가락으로 조개를 잡고
강가의 재실 관수정에서 배롱나무와 놀고
띠를 뽑아먹고 찔레를 꺾어먹고 오디도 따먹고…
꽃향기에 흠뻑 젖어 어린 시절 떠올리며
해가는 줄 몰랐네.
고요한 저녁나절 섬진강에 어둠이 내리고
산 그림자가 매화 사이로 물 위에 산수화를 그윽하게 그려낸다.
아름다운 강산이구나.

광대나물꽃

꽃씨를 뿌리고

어느새 목련이 하얗게 꽃잎을 쏘옥
내밀었다.
개나리도 길게 늘어져 수없이 노란 별들을 달았다.
양지쪽엔 하얀 봄맞이 아가꽃
언덕배기엔 온통 머위가 오동통하게
꽃을 맺었다.
꽃다지는 있는 대로 온 들녘에
노랑 칠을 마구 해대며
"진짜 봄이에요"
한다.

개나리

이제 손도 시리지 않고
찬물에 마음껏 세수도 한다.
봉숭아 맨드라미 어수리 꽃씨를 뿌리고
채전에 온갖 씨앗을 뿌렸다.

민들레

– 행복

거창 장에 다녀오다가
시골 마을을 돌아오는데
과수원 나무 아래 온통 노랑 민들레다.
엄청난 군락을 만든 민들레
노랑 민들레는 대부분 외래종인데
꽃받침이 뒤로 젖혀져 있어서
토종 민들레와 구별된다.
우리가 민들레로 알고 있는 것은 노란색이지만
하얀 조선민들레도 있다.
언젠가 제주에서 본 민들레 군락은
어마어마했고 보기도 좋았다.
저 혼자서 잘도 잘도 번지는 게 민들레다.
민들레는 꽃, 잎, 줄기, 뿌리, 전초를
약으로 쓰는 좋은 식물이다.
지구촌 어디에서나 자기 영토를 가진,
절대로 없앨 수 없는 풀이다
지금은 민들레로 김치까지 담는 등
건강에 좋은 식물로 쓰이고 있다.

흰민들레

– 내 사랑을 그대에게 드려요

조선민들레라 하며
약명은 포공영(蒲公英)이다.
밟아도 밟아도 끈질긴 생명력은
또 꽃을 피운다.
각종 비타민과 13가지가 넘는 미네랄,
필수 아미노산이 들어 있어 지금은 인기가 좋다.
여기 나의 집 마당에도 봄이면 구석구석 피어난다.
봄이면 전령사같이 반가운 하얀 민들레.
토종이라 노랑 민들레보다 더 반가운 꽃.

제비꽃
– 나를 생각해주세요

아주 낮은 앉은뱅이 꽃
그러나 그 빛깔과 향기는 너무 고와
노래도 시도 제비꽃만큼 많은 것이 없다.
전 세계의 시인들이 노래한 제비꽃.

종류도 다양하다.
빛깔도 다양하고
잎 모양도 다양하다.
제비꽃은 국내 종류만 50여 종이 넘는다고 한다.
고깔제비, 남산제비, 노랑제비
단풍제비, 털제비, 외제비
알록제비, 잔털제비, 졸방제비
콩제비, 흰제비, 각시제비, 구름제비
금강제비 등 작은 앉은뱅이 꽃들이다.
알록제비는 특이하게 키가 길게 핀다.
바위틈에서 핀 알록제비꽃은 정말 예쁘고 신기했다.
강남 갔던 제비가 돌아올 무렵 핀다고
제비꽃이라 한다.

눈개승마꽃
– 산양의 수염

우와!
꽃이 꼭 하얀 눈이 온 것 같네.

높은 산지에서 자라는데
새순을 나물로 먹으면 아주 맛있다.
생으로 먹으면 두릅 맛, 인삼 맛이 나고
익히면 쫄깃한 고기 맛이 난다고
삼나물, 고기나물이라고 한다.
묵나물, 장아찌로도 일품이다.
알칼리 식품의 대명사 눈개승마는
사포닌, 단백질이 풍부하다.
한방에서 전초를
해독, 편도선염, 지혈, 강정제로 사용해왔다.
성인병 예방에 특효하며
항노화, 항암, 비만, 면역력 향상,
혈관 건강, 뇌 질환에 효능이 좋으며
칼슘, 철분, 베타카로틴을 함유하고 있어
각종 질병을 예방하는 데 효과가 있어
지금은 많이들 재배하고 있다.
꽃은 6~8월에 핀다.

삼지닥나무꽃
– 당신께 부를 드립니다

가지가 꼭 세 가지로 난다.
이른 봄 다른 꽃이 피기 전에 아주 고급스런 꽃이 피어서
집 안이 환해진다.
몇 년 전 작은 묘목 하나를 심었더니
이제 내 키만큼 자라서 사방팔방 팔이 뻗쳐
엄청나게 많은 꽃을 달았다.

3월에 피는 꽃이 가을에 또 피는데
겨울에 잎이 다 떨어지니
마른 꽃만 동글동글 귀엽게 달려있다.
꽃송이는 겨울이라 오그라져
봄보다 아주 작다.
다른 나무는 꽃이 지고 잎도 졌는데
엄동설한에 저 혼자 그러고 웅크리고 있다.

진달래

– 애틋한 사람

진달래가 피면 소쩍새가 운다.
밤낮없이 울고 또 운다.
목이 쉬도록.
피가 나도록.

온 산이 붉게 물들었다.
소쩍새 피?

심산해당

꽃이 내게로 와

3월이 지나간다

어제 온종일 온 단비가
새싹들을 더욱 쑥쑥 올렸다.
온갖 새싹들이 이제 참지 못하고 다 올라왔다.
다투어서 꽃들을 피우고
강산은 푸르러 간다.

겨우내 비닐로 덮어두었던 채전의 상추는
이제 마음껏 햇볕을 쬐며 기지개를 켠다.
비닐을 걷으니 이제 먹어도 될 만큼 자랐다.
생명력!
어디서 나와서 이토록 푸르른 싹들을 틔우는 걸까?
모든 것이 다 살아난다.
드디어 목련이 하얀 꽃잎을 쏙 내밀었다.

해가 뜨고
호수가 반짝거리고
분재한 심산해당꽃이 꽃잎 끝에 본홍 연지를 찍고
해맑게 웃고 있다.
보고 또 보아도 예쁜 꽃
싱그러운 향기 속으로
봄 새 소리의 전원 교향악이 시작된다.
골짜기마다 온 산천은 꽃들의 잔치이다.
매화, 산수유, 진달래, 개나리가
활짝 피고 지고
금수강산을 수채화로 수놓는다.

4월의 노래

수곽이 꽝꽝 얼었지만
목련은 폈다.
두릅이 초록빛을 내고
인동 으름순이 나왔다
찔레순은 어느새 쇠어가고
양지쪽에 한 무더기 동그랗게
양지꽃이 노랗게 웃고 있다

죽단화

앞산 뒷산 할 것 없이 꽃들은
쉴 새 없이 피어나고
밤낮없이 목이 쉬도록 소쩍새가 운다
호수를 빙 둘러 백리벚꽃길에
하얀 꽃등이 켜지고
홀아비꽃대, 솜방망이
길게 고개를 내밀고 활짝 웃는다.

동구 밖 어귀에 키 큰 귀룽나무
구름같이 하얀 꽃을 나무 한가득 달았다.
황진이 같은 돌복숭아꽃이 진홍으로 피고
황매화 죽단화가 골짜기를 노랗게 수놓고
그 밑엔 푸르른 각시붓꽃이 수줍게 숨는다.
뒷마을 명산 골짜기엔 조팝나무 꽃이
기다랗게 가지 가득 꽃을 달고서
숲을 하얗게 채우고 있다
그 밑엔 타래붓꽃 순이 한 뼘씩 자라 있고
밤나무 숲에는 밤송이 사이로
형형색색의 현호색이 군락을 이루었다.
푸른빛, 보랏빛, 분홍빛. 신비스런 빛깔들을 내면서.
거창으로 가는 도곡마을 길 양쪽으로는
수양벚꽃이 어사화같이 축 늘어져 있다.
봄바람에 휘날리는 분홍 물결은
대자연이 주는 경탄스런 모습이다.
신성한 환상.

돌배나무

꽃이 내게로 와

희게 피는 빈도리 매화말발도리
고추나무꽃 애기 손 만한 큰꽃으아리
키 큰 나무 아그배, 돌배, 산돌배
기품있는 꽃들 올려다보면서
마음은 한껏 들뜬다.
콧노래도 저절로 나오네.
덕유산 가는 길가엔 보랏빛 등꽃들도
소담스레 늘어졌다.
마당 끝에 심은 살구나무는 어느새 키를 키워
가지 가득 꽃을 달았고
그 밑엔 당옥매가 붉게 피고
곁에는 맑디맑은 푸른 빛을 띤 옥매가 송이송이 피었다.
수각 둘레엔 찾아보지 않으면 잘 보이지도 않는 풀꽃
참꽃마리가 참 눈물 나게도 여린 꽃을 피운다.
어느새 엉겅퀴 한두 송이 피어나고
집 뒤 커다란 은행나무 옆에는 으름꽃이 주렁주렁 달렸다.
골담초가 노란 나비 같은 꽃을 긴 가지 빼곡히 달았다.
숲엔 병꽃이 끝도 없이 피어나고
돌 축대를 온통 덮어 버린 줄딸기꽃은
세상 예쁜 분홍빛이다.
집 입구에 심은 모란이 자색으로 고귀한 꽃을 피운다.
이제 온 산천은 꽃밭이다.
황매산 골짜기 큰 계곡 가에 겹벚꽃이 더욱 풍요롭고
장독대 사이사이 은방울꽃이 천상의 향내를 내며
잦은 봄비에 물방울을 달고 꽃대 가득 숙이며
작은 은방울들을 귀엽게도 달았다.

4월은 감동이다.
온갖 것에 생기를 넣어주는
대자연의 선물.

목련꽃

– 숭고함

목련이 피면 사월이지.
꽃그늘 아래서
베르테르의 편지를 읽는 계절이지.
돌아온 사월은
생명의 등불을 밝혀 주지.

백설공주꽃(이베리스)

– 깨끗함

눈같이 하얗구나
공주같이 예쁘네
아직 썰렁한 마당을
네가 피어 훈훈하게 하네
예쁜 공주님.

산옥매

– 고결

꽃이 예뻐 두 그루를 심었더니
봄이면 큰 복사꽃 나무 아래서
정답게 핀다.
열매는 앵두같이 생겼다.
앵두보다 작지만 맛있다.

山中問答(산중문답)

− 李白(이백)

問余何事棲碧山(문여하사서벽산)
笑而不答心自閑(소이부답심자한)
桃花流水杳然去(도화유수묘연거)
別有天地非人間(별유천지비인간)

어이하여 푸른 산에 사느냐고 묻기에
말없이 웃을 뿐 마음 절로 한가하네
복사꽃 물 따라 아득히 흘러가니
또 다른 세상이네, 인간이 아니로세.

돌복숭아꽃

– 용서

앗! 이 무슨 조화?
4월에 함박눈이 와,
꽃 위에 눈이 쌓였네.
한참 핀 꽃들 어쩌나?
몰라 몰라!

지금 이 꿈같은 정경이 너무 아름다워
찻잔에서 다시 피어난 너의 자태는
황진이 같다.
예뻐서 다 용서해주고 싶을 거야.

꽃차를 만들면
돌복숭아꽃이 가장 예쁜 것 같다.
내 집 주위에는 유독 돌복숭아 나무가 많아
골짜기마다 분홍으로 수놓는다.
개울가에 가지를 늘어뜨리고 꽃을 피우는데,
꽃이 개울물 따라 흐르는 모습을 보면
이백의 시가 절로 떠오른다.
딱 그 모양이다.
개울물 따라 흘러가는 꽃잎아.

벚꽃
– 절세미인

여기 합천은 벚꽃길이 유명하다.
호수를 빙 둘러 백리벚꽃길이다.
집에서 합천호를 한 바퀴 돌아보니
48km다.
해마다 백리벚꽃길 마라톤대회가 열린다.
호수와 황강을 끼고
환상적인 벚꽃길 백리를 달린다.
주변에 황매산, 오도산, 악견산 등 경관 수려한 산들이 있고
황강 가엔 큰 드라마 세트장이 유명하다.
청와대 세트장도 있다.
수많은 영화와 드라마를 여기서 찍는다.
말하자면 합천군의 관광명소다.

벚꽃이 피면 아치길이 여러 군데 생겨서
탄성을 지르게 한다.
금수강산이다.
벚꽃이 필 때 호수 한 바퀴 드라이브를 하면
여기저기를 둘러 보느라 해 가는 줄 모른다.

어느 날 황매산에서 내려오다
큰 벚꽃 가로수 사이로
멀리 지리산의 일몰을 보았다.
아, 장관!
깜깜하도록 꽃나무 아래 차를 세워두고
지는 해를 보았다.

꽃이 내게로 와

꽃이 내게로 와

수양벚꽃

— 은총

이 길은 참으로 은총이다.
거창으로 가는 한적한 지방도로,
산골짜기를 구비구비
호수를 끼고 수양벚꽃이 늘어질 때면
정말 경탄스럽다.

오지라서 평일에는 차 한 대도
마주치지 않을 때도 있다.
처음 이 길을 발견했을 때는
꿈인가 했다

몇 해 전 수녀님들이 오셔서 함께 갔는데
어린애같이 좋아하시던 모습이 눈에 선하다.
가지를 흔들어 꽃잎이 휘날려
머리에도 어깨에도 앉고
일부러 또 흔들어 꽃비를 내리고…

꽃이 내게로 와

우리는 소리 내어 웃었다.
감사하면서
하하 호호.

각시붓꽃

– 신비한 사람

나지막이 수줍게도 피었네.
신비스럽다, 너의 모습은,
각시야.

조팝꽃

– 노련함

온 산골짝을 환하게 밝히는 꽃
키보다 더 큰 가느다란 긴 가지마다
셀 수도 없는 꽃송이를 달고서
해마다 기다리게 하는구나.
말간 향기가 뼛속까지 개운하게 하네.
온 하루가 너로 인해 기쁨 가득
바구니도 가득.

꽃이 내게로 와

현호색

– 보물 주머니

우와! 온통 보물 주머니 천지다.
하늘색, 보라색, 자주색, 분홍색
색깔 예쁜 주머니가 가득이네.
무슨 보물을 담았을까?

참꽃마리

– 행복의 열쇠

아!
눈물 나는 꽃.

홀아비꽃대

– 외로운 사람

어여쁜 아내를 홀로 두고 떠난
남편이 환생한 꽃이라지.

솜방망이

— 안전

그래, 너한테 맞으면
기분이 좋아질 것 같다.

꽃이 내게로 와

박태기꽃

- 우정

이야~
어쩌면 이렇게도 많은 꽃이 달릴 수가 있니?
잎도 안 난 나뭇가지 빼곡히 꽃들이 달렸다.
사월의 정원에는 한 그루씩 흔히 있는 꽃나무다.
홍자색의 꽃 모양은 꼭 밥풀을 닮았다.
어릴 적 우리 고향에서는 보리밥나무라고 불렀다.
북한에서는 구슬꽃나무라 한다지.
꽃은 열을 내리고 류머티즘과 혈액순환에 좋다고 한다.
껍질과 뿌리는 중풍, 고혈압, 부인병 등에 민간약으로 써왔다.
드물게 흰 꽃도 있다.
옛날부터 약으로 쓰여 흔히들 심었나 보다.
동네마다 꼭 있는 꽃나무다.
가을에 콩깍지 같은 열매가 엄청 많이 달린다.
예쁘고 신기하다.

나도 올해
잎이 황금색으로 지는
황금박태기 한 그루 심었다.
내년이 기대된다.

금낭화
– 당신을 따르겠습니다

지리산 고운동 계곡에는
세상 없이 아름답고 엄청 큰
금낭화 군락이 있다.
깎아지른 절벽에 10만 평의 차밭
사이사이 온통 금낭화다.
낑낑대며 꼭대기로 올라가면
큰꽃으아리가 온통 큰 꽃을 피우고 있다.
계곡이 얼마나 아름다웠으면
고운 선생이 머물렀을까?

대숲 길을 지나 위쪽으로 올라가니
절벽 가득 차나무다.
이건 기적이야.
어찌 여기에다 차나무를 심었을까?
이곳은 산청제다원의 이수 거사님이
20년 넘게 가꾸어온 정갈한 차밭이다.

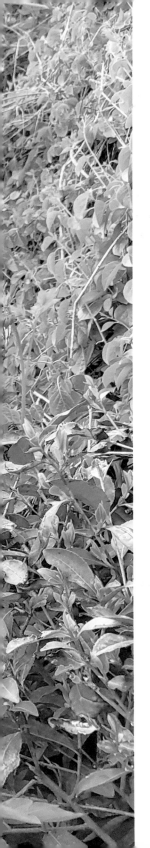

금낭화를 따러 가면 차밭 아랫마을에 있는
제다원에 들러 차를 마신다.
절벽을 미끄러지며 낑낑대고 금낭화를 따다가
땀범벅이 된 몸을 쉬어가는 고마운 곳이다.
이수 거사님의 아내 윤초 보살님의
차 우리는 솜씨는 최상급이다.
미술을 전공한 아티스트가
천천히 우려내는 차 맛은 그윽하기 그지없다.
조용하고 나긋나긋한 말투와
오랜 세월 차에 물들여진 자태가 그대로 예술이다.
감동!
얼마나 친절하고 예의 바른지
하루의 피곤함이 일시에 사라지고
점심까지 대접받는다.
구수한 된장국과 잡곡밥
금낭화 묵나물은 정말 맛있다.
가지가지 나물과 두부찜,
솜씨 좋은 동서가 만든 장아찌들
몸이 건강해지는 것 같다.
금낭화만 보면 그윽한 차 맛과
언제나 함께 떠오르는
성실한 사람들.
대자연 속의 아름다운 부부.
지리산을 배경으로 한
한 폭의 그림이다.

죽단화
– 기다림

소쩍새가 울어대고
누구를 기다리나
길게 늘어서 화려한 주황색 옷을 입고
심심하던 산골을
생기로 확 채운다.

황매산 철쭉

집에서 지리산 방향으로 가다가
오른쪽 길로 가면 산청 쪽에서 황매산으로 갈 수 있고
왼쪽 길로 가면 합천 쪽에서 황매산으로 갈 수 있다.
20분이면 갈 수 있는 거리다.
산 중턱에서 두 길이 만난다.
철쭉이 피면 거대한 산이 사람으로 꽉 찬다.
지리산에 다녀오던 저녁 무렵에
사람들이 뜸해진 틈을 타 황매산에 들렀다.
아! 이건 그림이지.
1000고지가 넘는 온 산이 철쭉으로 물들었다.
늦게 간 덕분에
지리산의 아름다운 일몰을 볼 수 있었다.

옥매

- 고결

깨끗하다 못해 푸르다.
그 모습이 처녀 같다.
어렸을 적 우리 동네에서는
처녀꽃이라 불렀다.

황매화

– 숭고

죽단화 피면
꼭 따라서 핀다.
절에서 20분 거리 황매산에는
온통 죽단화와 황매화를 심었다.
벚꽃이 지고 나면
노란색 꽃길이 신난다.

큰꽃으아리

– 아름다운 마음

숲속을 거닐다
크고 하얀 꽃들이
갑자기 나타나
으아!
놀랐다.

모란

– 부귀

참 귀부인 같네
입하에 활짝 핀 모란
여름이 오려 한다.

골담초

– 겸손

우와! 세상 노랑나비가
다 와서 앉은 것 같네.
달콤하니 맛도 좋구나.
봄이면 너 땜에
식탁이 즐겁다.

으름꽃
- 재능

꽃 중에 가장 신비스런 것 같다.
뒷산에 군락이 있어
좋은 놀이터다
덩굴 따라 꽃들이 주렁주렁 늘어지면
탄성이 먼저 나온다.

큰 꽃은 진보랏빛으로 수꽃이다.
큰 은행나무 밑 잔디밭도 좋고
예쁜 비석도 있고
호수도 훤히 내려다보이는 양지쪽에 앉아서
으름꽃 향기 맡으며 봄을 즐긴다.

으름 열매는 국산 바나나라 한다.
새순으로 차를 만들면 목통차라 하여 맛이 좋다.
한방에서는 줄기를 목통이라 하는데
황달, 부종, 설사 등에 약으로 쓰고
『동의보감』에서는 온몸의 12경락을 잘 통하게 한다고 통초라 한다.
말소리에 기가 넘치도록 해준다는
자랑스런 우리나라 토종나무다.

줄딸기꽃

– 존중

줄기 따라 길게
분홍 나비가 달린 것 같다.
정말 예쁜 꽃이다
새콤한 딸기는 또 얼마나 개운한 맛인지.
빨간 딸기 한 알 씹으면
머릿속이 다 환해진다.

붉은병꽃

- 전설

언젠가 동학사에 가서
뒷산을 포행하다 군락을 만났다.
온통 빨갛게 피어있는 꽃이
참 예뻐 보여서
나도 마당에 두 그루를 심었더니
해마다 봄 마당을 멋지게 장식해준다.
그 아래 길다란 돌 차판을 놓고 차를 마시는 기분이라니.
자랑스런 우리나라 특산 나무이다.

오월이면
온 산에 지천으로 병꽃이 피어난다.
여기서 가까운 금원산엔
붉은 병꽃 군락이 있다.
금원산을 관통하여 덕유산으로 가는 길은
기가 막힌 드라이브 코스다.

오월

온 산이 병꽃으로 노르스름 물들여 지나가고
아까시 꽃향기가 머리가 찡하도록 온 산천을 휘감고
들꿩나무, 찔레, 물참대, 가막살나무 흰 꽃들이 피면
산향은 가장 싱그럽다.

층층나무, 마가목, 산돌배, 아그배
온갖 나무들이 한꺼번에 꽃을 피우고
산은 하루가 다르게 푸르러진다.

"May Queen!"이다.
날마다 산으로 가 꽃들과 노닐면서
감사하고 건강이 넘친다.
무슨 일이든지 해낼 것 같은 힘이 나고
웃는다.
"날아라 새들아 푸른 하늘을
달려라 냇물아 푸른 벌판을
오월은 푸르구나 우리들은 자란다
오늘은 어린이날 우리들 세상"
어린이날 노래가 저절로 나온다.
만물이 다 푸르고 자라는 오월은
계절의 여왕이다.
하루 종일 뻐꾸기도 신이 나고
비둘기, 두견새도 장단을 맞춘다.
금수강산
개울물도 소리 내어 잘도 흐른다.

층층나무

애기똥풀

– 엄마의 지극한 사랑

이른 아침 산길을 나섰더니
뒷산 언덕바지 커다란 바위 옆으로
온통 애기똥풀이다.
샛노랗게 해맑은 꽃
솜털이 보송보송하다.

개다래 덩굴 순이 바위를 휘감고
그 옆에 동글동글 쥐오줌풀꽃도
길게 보라색을 칠하고 있다.
지칭개도 연보랏빛 색을 더하고
타래붓꽃 그 푸르름으로 어울리고
가는 등갈퀴나물은 붉은색을 곁들인다.
멀찍이 아직 초록색만 더하고 있는 키 큰 참나리.
아! 신의 정원 한 귀퉁이가 내려온 것 같구나.
경탄!

모과꽃

– 유혹

참 예쁘다.
봐도 봐도 예쁘다.
분홍도 아니고
빨강도 아니고
유혹하네.

등심붓꽃
– 기쁜 소식

풀섶에 숨어서도
기쁜 소식을 전해주는구나.
고마워.

산돌배꽃
– 참고 견딤

덕유산, 가야산, 지리산…
어느 산엘 가도
오월엔 산돌배꽃이 제일 예쁘네.
연지 찍었네, 연분홍으로.
진짜 예쁘다.

"돌배꽃 꽃잎에 싸여
어느새 잠이 든 낮달
잠 깨워 데려갈 구름 없어
꽃 속에 낮잠을 잔다
꿀벌아 멀리 멀리 가거라
선잠 깬 낮달이 울면서
멀리 떠날라"

– 동요 〈어느 봄날〉 중에서

지리산 청학동에서 내려오다가
큰 계곡 가의 산돌배꽃을 보고 내려가
두꺼운 자리를 깔고 누웠더니
동요 한 자락이 저절로 나온다.
더없이 행복한 봄날
숲속에 산돌배꽃 핀 날.

덕유산의 산돌배나무

야광나무꽃
- 온화

집채만 한 나무가 하얀 꽃등을 켰다.

밤에도 온 나무 가득
하얀 등불을 켠다.

야광나무

물참대꽃
— 화사한 매력

계곡 가의 하얀 꽃
얼마나 많은 꽃이 피는지
푹신한 침대 같아
누워도 될 것 같다.

처음 이 꽃을 만났을 때
이름이 궁금하여 대구로 나가 서점에서
온갖 책을 다 뒤져 찾아낸 이름,
"물침대"
아아 물가에서 꽃이 많이 피어 누울 수도 있겠구나 싶어
"물침대"라고 이름이 붙여졌구나,
여겼다.
친한 식물학자 교수님께
"물침대 군락을 발견했어요"
전화를 하니 막 웃으셨다.
"스님, 물침대가 아니고 물참대예요"라고 하시면서.
지금 생각해도 우습다.

꽃을 말려보니 더욱 향기롭다.
해가 지날수록 말린 꽃이 한약내를 낸다.
그래서 별명을 한약방이라 지었다.
5년이 지난 꽃을 아직도 예쁜 병에 담아
가끔 한약방 냄새를 맡아본다.
색은 점점 짙어져 갈색으로 변하는데
향기는 더욱 진해진다.

둥글레꽃

– 고귀한 봉사

지리산 반천, 고운동 계곡
이수 거사님 차밭에서 만난 둥글레꽃은
잊을 수가 없다.
금낭화와 차나무 사이에서
군락을 이루어 일제히 한 방향으로
하얀 꽃을 숙이고 피어있다.

깎아지른 절벽에 있는 차밭이라
꽃은 작고 야위었지만
그 건강하고 위엄있는 자태는
숙이고 피지만 정원에 있는 큰 둥굴레꽃보다 훨씬 아름답다.
꼭 주인장 닮았네.

은방울꽃

– 틀림없이 행복해진다

하얗고 작은 종이 울린다.
아주 은은하여
가만히 귀 기울여야 들린다.
세상에서 가장 향기로운
종소리다.

이 종소리 들으면
누구든지 틀림없이
행복해진다.

매화말발도리
― 애교

큰 바위 틈새에서
어떻게 살았니?
이렇게 예쁜 꽃은 또
어떻게 피웠니?
여리고 여려서 애처롭구나.

국화도꽃

— 꽃, 정성

나무에 국화가 피었네.
108송이 고이 따 말려본다.
향기는 또 왜 이리 좋니?
무주에 사는 스님께 선물했더니
양갱 위에 예쁘게 올려
맛있게 만들었다.

수사해당

– 산뜻한 미소

어찌 이리 고운 꽃이 있을까?
온 마음 다 빼앗긴다.

자주 가는 꽃집에서
분재해 놓은 화분 가득 핀
우아한 꽃을 보고 함빡 반하여
무리해서 집으로 데려왔다.
보고 또 보고 자꾸만 본다.

산뜻한 향기다.
봄만 되면 피기를 기다린다.

만첩홍도

― 매력

붉디붉은 꽃이 무수히도 달렸다.
예쁘다 예쁘다 하였더니
집 뒤쪽 길 양쪽으로 꽃 가로수가 생겼네.
복숭아 향기가
꽃차를 우려보면
은은히 난다.
찻잔에서 피어난 모습도 예쁘다.
매력 있어.

꽃이 겹겹이 피면 만첩이란 말이 앞에 붙는다.
만첩백도. 만첩빈도리처럼.
겹으로 핀 복숭아꽃은
만첩홍도라 부른다.

구슬붕이

－ 기쁜 소식

가랑잎 속에 싸여
그냥 지나칠 뻔했네.
신비스런 작은 꽃
연한 보랏빛을 품은
하늘색이다.
쭈그리고 앉아서
한참을 본다.

이런 빛깔을 사람이
그릴 수 있을까?

수레국화

– 행복

코발트블루 색,
우리나라 쪽빛이다.
깊고도 깊은 푸른색,
볼수록 빠져든다.

자주달개비와 함께
푸르름을 자랑한다.
가을까지 내내 피어주니 고맙다.

독일의 국화이다.
센토레아시아누스.
가히 나라꽃으로 정할 만큼 아름답다.
쳐다보면 행복해진다.

자주 달개비

- 외로운 추억

어렸을 적 집 화단에서 보던 꽃이다.
꼭 키워보고 싶었는데
나주에 사는 지인의 집에서
두 포기 얻어다 심었는데
몇 년이 지나니 석빙고 담벼락 앞에
길게 타래붓꽃과 함께 피어서
참 신비스럽기도 한 푸른 빛을 낸다.
노오란 수술들과 푸른 꽃잎이
이슬을 달고 아침햇살에 빛나면
숙연해진다.
그런 푸른 빛깔이다.

노랑꽃창포
– 당신을 믿습니다

노랑꽃창포가 피면
온 집 안이 환해진다.
내가 좋아하는 꽃이라서 수돗가에 쭉 길게 심고
마당 끝 수로 가에도 심었다.
꼿꼿하게 서 우아한 모습으로 꽃을 피운 모습을 보면
그냥 기분이 좋다.

타래붓꽃

덕유산에서 타래붓꽃 군락을 만났다.
감동.
꽃집에 가면 내가 가장 자주 사는 꽃이 아이리스다.
붓꽃류를 서양에서는 아이리스라 부른다.
프랑스 국화이기도 한 아이리스는
다양한 색깔이 있다.

붓꽃과 꽃창포는 참 닮았다.
그러나 자세히 보면 꽃창포는
꽃잎 안쪽에 노란색의 선명한 표시가 있어 구별하기 쉽다.
붓꽃류와 꽃창포는 습지나 물가에서 자라는
아주 예쁜 꽃이다.
야생으로 핀 꽃은 말할 수 없이
신비한 느낌이 있다.

베토벤이 사랑하는 여인을 만나러 갈 때는
꼭 아이리스를 들고 갔다고 한다.
아주 품격있는 꽃이다.
모양도 빛깔도.

불두화
- 제행무상

나무에 뭉게구름이 달렸네.
하얗게 몽실몽실.

처음 이곳에 이사 왔을 때
아랫마을 교감 선생님 일파 거사께서
손가락만 한 것을 심어주셨는데
십 년이 넘자 불두화는 크게 자라
가지가 휘도록 장독대를 덮는다.
꽃 모양이 부처님 머리를 닮았다.
부엌 창으로 내다보면 바로 눈앞에
호수를 배경으로 멋진 그림이 되어 눈을 즐겁게 한다.
꽃은 볼 때마다 일파 거사님이 고맙다.
아주 친절하고 다정한 이웃사촌.
내가 이곳에 살면서 집에서 해먹은 밥보다
거사님 댁에서 얻어먹은 밥이 더 많은 것 같다.
사람을 아주 유쾌하게 하는 맘씨 좋은 안보살님은
"스님 10분 후에 오세요.
5분 후에 오세요.
함께 공양하시게요" 하고 전화를 하신다.
고마우신 분들.
만 배의 축복이 있기를 부처님 전
기원한다.

등갈퀴나물

– 용사의 모자

꽃등이 꼭 갈퀴같이 생겼다.
어린 줄기를 나물로 먹는다고 등갈퀴나물이라 한다.
붉은 보랏빛이 나는 자잘한 꽃들이
갈퀴 모양으로 빼곡히 달려
끄트머리에 흰색이 비친다.

꽃차를 만들면 너무나 달콤한 향이 나
"스님, 향을 뿌렸나요?"
하고 묻는다.

벌노랑이

– 다시 만날 때까지

진짜 노랗다.
장독대 앞에 널따랗게 방석처럼
자리 잡았다.

하트 모양의 노랑 방석.

개오동꽃

– 젊음

처음 이곳으로 이사를 왔을 때,
대숲 속에 10년 버려진 집이라
썰렁하기 짝이 없었다.
옛날 삼간 흙집인데
허물어지기 직전이었다.
두 칸의 방이 있었는데
하나는 비가 새고
하나는 멀쩡하여
깨끗이 청소하고 살기 시작하였다.

하루는 밖에 나갔다 해 질 녘에 들어왔는데
집 끄트머리 산 쪽으로
개오동꽃이 노랗게 피어있었다.
왈칵 눈물이 났다, 반가움에.
마루에 앉아 하염없이 하늘을 보고 앉아 있는데
구름이 봉황의 깃털 마냥 아름답고
고귀한 그림을 그려대고 있었다.
마음이 풀어지고 웃음이 나왔다.
천지만물이 다 내 곁에 있고 보살펴 주는데
무슨 걱정?
꽃도 심고 나무도 심고…
지금은 누가 와도 예쁘다고 한다.

이곳에 이사 온 지 벌써 13년이 지났다.
극락으로 가는 베이스캠프거니
생각하고 산다.
캠프치곤 최상급이지.

아까시꽃

– 품위

온 산 천지가 꽃향기로 뒤덮였다.
이 지방은 유독 아까시나무가 많아
사방을 둘러봐도 온통 아까시꽃이다.
덕분에 나는 힘들이지 않고
큰 항아리 가득 아까시꽃 발효액을 만들 수 있다.
나는 108가지 발효액을 만들어 봤는데
아까시꽃 발효액이 가장 맛있는 것 같다.
초파일 무렵이면 여지없이 피는 꽃이다.
아까시꽃 발효액은 누구든지 맛있다고 하여
나눠 먹다 보니 이제 내가 먹을 것도 동이 나버렸다.
5년 동안 담그지도 못했는데
내년엔 꼭 한 항아리 담그리라.

집 주변 산 어디에든 있는 꽃
따도 따도 있는 꽃
나는 아까시꽃을 따면서
대자연의 무한공급을 배웠다.
언제 내가 물 한 번 줬던가?
가지치기 한 번 해줬던가?
아낌없이 온몸을 내어주는 꽃들에게서
나는 살신성인을 배웠다.

미스킴 라일락

향기 으뜸이지.
봄 정원 어디에든 한 그루씩 있는
색깔 고운 꽃나무.
우리나라 토종나무인 수수꽃다리가
미국으로 건너가 개량된 라일락이다.

덕유산에서 털개회나무를 만났는데
너무 반가웠다.
1947년 미국인 식물채집가가
북한산에서 털개회나무 종자를 채취해 가서
원예종으로 붙인 이름이다.
한국 근무 당시 사무실 여직원의 이름을 붙여
미스킴 라일락이 되었다.

그 향기와 보랏빛 꽃이 예뻐
나도 석빙고 앞에 한 그루
장독대에 한 그루
두 그루나 심었다.

쪽동백꽃
– 겸손

모두가 아래로 숙이며 핀다.
겸손하게도.
아까시꽃 송이만 한 탐스런 꽃들이
고귀한 향을 내며 키 큰 나무에 수도 없이 달린다.
가야산에도 덕유산에도 많이 있다.
덕유산 빙기실계곡의 큰 나무는 정말 장관이다.
10미터가 넘는 큰 나무에 하얗게 달려 있는 꽃들을 보면
그저 대자연의 아름다움이 경탄스럽다.

그 큰 나무 아래 작은 풀꽃 참꽃마리가 함께 피어있다.
나는 쪽동백꽃과 참꽃마리를 무척 좋아한다.
필 때마다 덕유산에 간다.
대자연의 고마움에 흠뻑 젖어서
해 가도록 내려오기 싫은 곳이다.

함박꽃

– 수줍음

산에서 본 가장 예쁜 꽃인 것 같다.
자태가 천상의 여인 같다.
청아한 향기와 자색의 꽃밥은 우아함의 극치다.

덕유산 계곡에서 이 꽃을 만났을 때 정말 놀라웠다.
집에서 40분이면
덕유산, 가야산, 지리산을 다 갈 수 있는데
이 큰 산들의 계곡에 함박꽃나무들이 있다.
산에서 만나는 가장 기분 좋은 꽃이다.

작약
– 수줍음

작약은 모란이 시들 때쯤 피기 시작한다.
초파일이 다가오면 꽃 모양이 넉넉해
함박꽃이라고도 부른다.
모란과 작약을 잘 구별 못 하는 사람들이 많은데
작약은 풀이고
모란은 나무이다.

작약은 치유의 꽃으로
국내에서는 당귀, 천궁, 황기, 지황과 더불어
5대 기본 한약재 중 하나이다.

꽃이 내게로 와

작약꽃만큼 다양한 색갈과 크기의 꽃도 없을 것이다.
집에서 20킬로미터쯤 떨어진 산골짜기에
작약을 2만여 평이나 재배하는 할아버지가 계신다.
"꽃을 좀 따도 되겠습니까?"
여쭈어보니
"스님, 다 따가세요" 하신다.
얼마나 고마운 말씀인가.
할아버지의 그 말씀에 나는 마음이 부자가 된 느낌이었다.
그 날 달이 뜨도록 사진을 찍고 작약과 놀았다.
바구니도 넘치도록 꽃을 땄다.
큰 꽃, 작은 꽃, 겹꽃, 홑꽃.
자주색, 분홍색, 흰색.
예쁘고 예쁜
꽃 색깔들이 얼마나 행복하게 해주는지 몰랐다.
고마운 그 꽃들을
정성을 다해 말려서
꽃을 뜨거운 물에 피우면
먹는 것보다 더 행복해진다.
예뻐서
눈으로 먹는 꽃이다.

찔레꽃
– 가족에 대한 그리움

찔레꽃이 피면
뻐꾸기가 신난다.
이 산 저 산 찔레꽃 피었다고
뻐꾹뻐꾹 야단법석이다.

어렸을 적에 참 맛있는 간식이 찔레순이었다.
찔레순이 길게 올라오면 껍질을 벗겨서 먹는다.
향기롭고 파르스름한 연한 맛이 나는데
나는 아직도 내가 먹어본 음식 중에 찔레순이 제일 맛있는 것 같다.

아까시꽃이 질 때면 온 산에 찔레꽃 천지다.
향기도 내가 맡아본 향기 중에서 찔레꽃 향기가 제일 좋다.
세계에서 제일 비싼 향수도 찔레꽃에서 만든단다.
'찔레꽃 붉게 타는'이라는 노랫말이 있는데
한동안 "찔레꽃은 하얀데 왜 붉게 탄다고 하지?" 의문이었다.
그런데 산으로 가보니 붉은 찔레꽃 군락이 많았다.
그리고 주황빛이 나는 찔레꽃도 만난 적이 있다.
대 자연은 정말 변화무쌍하고
살아서 움직인다.

솔잎도라지

- 즐거운 추억

이파리가 솔잎 같다.
작년에 전주에 사는 도반이
산호색으로 피는 아주 고급의 장미와 함께 주었는데
드디어 보랏빛 예쁜 꽃을 피웠다.
기다랗게 키도 키우고 가지도 잘 벌려서
예쁘게 피어났다.
장미도 그 곁에서 사이좋게 피고 있다.
가을까지 계속 피어준다.
고맙게도.

장미

– 기쁨

야생화를 좋아해 산꽃들만 주로 심었는데
장미를 보고는 생각이 달라졌다.
역시 장미는 꽃의 여왕이다.
인정!

장미의 향기와 아름다움은 빼어나구나.
다양한 색깔과 모양의 장미
아마 세상 사람들의 사랑을 가장 많이 받는 꽃일 거야.

지인의 뜰에서 주황색 큰 장미를 보고 반해
나도 한 포기 심었다.
손바닥만 한 크기로 얼굴을 내밀면
그냥 행복해진다.
향기도 역시 으뜸이구나.
흰장미와 분홍장미도 그 곁에 심었다.
애기 손톱만 하게 피는 아주 작은 꽃
애기장미도 심었다.
장미들은 가을에 또 한 번 더 피어주지만
꽃송이가 작아져서 핀다.
애기장미는 겨울까지 피어준다.
완전히 얼 때까지.
강인한 생명력!
저 작고 여린 몸에서 끝까지 꽃을 피우다니.

꿀풀
– 추억

5월이 깊어지면
온 마당에 꿀풀이 꽃 핀다.
해가 뜨면 이슬을 단 꿀풀들이 일제히 반사되어
눈앞이 확 밝아지며 눈이 부시다.
신세계다.
모든 것이 딱 멈추고 그냥 빛이다.
수많은 꽃송이에 달린 이슬방울들의 반사.
이곳에서 살면서 느끼는 가장 좋은 느낌이다.
꿀풀이 있는 한 달여 간은
초라하기 그지없는 오막살이가 극락 같다.
그 꽃길을 걷는 기분은
이루 말할 수 없다.
고마움.

꿀풀은 5대 항암초다.
느릅나무. 겨우살이. 꾸지뽕, 와송과 함께.

금계국
– 상쾌한 기분

환한 꽃이
기분을 상쾌하게도 해주네.
금계국이 피면 유월이다.
늦가을까지 꽃이 피어서
어디에든 많이들 심는다.

무주에 사는 친한 스님이 한 분 계시는데
금계국이 필 때면 우리는 금강 가에 꽃구경을 간다.
스님 절에서 가까운 금강 가에 엄청난 군락이 있다.
강변이 온통 금계국 천지다.
끝이 보이지 않을 정도로.
수레국화도 함께 피는데
금계국에 치여서 비실비실한다.
기분 좋은 하루.
스님과 꽃 속에서 차판을 벌이고
절에 돌아와서 스님의 솜씨가 발휘된
채식 피자와 파스타를 먹는다.
그 맛이 어느 레스토랑의 맛보다 뛰어나다.

금계국이 필 때면 나는 언제나 무주에 간다.

夏 여름
(6월·7월·8월)

6월

이제 산행은 땀을 뻘뻘 흘리며 하는 계절이다.
숲은 우거져 초록이 짙고
개다래 쥐다래 덩굴들이 노고단 가는 길을 장식한다.

안면도의 소나무를 보려고 긴 드라이브에 나섰다.
언제나 감동을 주는 일렬로 쭉쭉 뻗은 안면도의 소나무길,
나는 이 길이 너무 좋다.
가까운 곳에 아름다운 꽃지해수욕장도 있다.
나의 최종 목적지는 천리포수목원이다.
태안의 해변은 여기 경상도 쪽의 남해나 동해와는 전혀 다른
색다른 맛이 있다.
나는 서해안을 참 좋아한다.
서해안의 노을은 어떻게 형용할 수가 없다.
언젠가 저녁 무렵 돌아오는 길에 일몰을 만났다.
온 바다가 붉게 물들면서 보여주는 대자연의 위력.
가슴 속에 감동만이 올라왔다.
차를 멈추고 두 시간을 서서 그 장엄한 대자연의 빛깔을 보고 있었다.
움직일 수가 없었다.

슬로시티 증도에 가서도 느낀 감정이다.
내게는 일출보다 일몰이 더 진한 감동으로 남아 있다.
천리포수목원에 마침 큰 금매화가 피어있었다.
한참을 앉아서 쳐다보았다.
싱그러운 유월의 바닷가. 수목원.
차이코프스키의 <유월>을 들으며
김연아의 환상적인 춤을 본다.
집에 가서 큰 금매화를 심어야겠다.
천리포수목원은 우리나라에서 가장 큰 수목원이며
미국인 민병갈 박사가 건립했으며 귀화했다.

큰금매화
– 꿈 많은 소녀

이처럼 예쁜 꽃이 있을까.
천리포수목원에 다녀와서
당장 꽃집으로 가 세 포기를 사다 심었다.
꽃이 아주 건강하게 잘 피어주어서 보기가 좋다.
내년에는 많이 심어야겠다.
백두산 정상에 군락이 있어 볼 수 있는 감동적인 꽃.

꽃송이가 작은 것을 애기금매화
큰 것은 큰금매화라 한다.
큰금매화의 꽃 수술은 고고하고 환상적이다.

산골무꽃

– 나를 건드리지 마세요

우리 집에서 제일 고마운 풀꽃이다.
아주 작은 꽃이 보라색을 품은 파란색으로 핀다.
가을까지 계속 핀다.

장마철에 줄기를 잘라서 묻어주면 잘 살고 번진다.
틈만 나면 마당 곳곳에 잘라서 심었더니 어느 곳을 봐도 꽃이 있다.
작은 풀꽃이지만 예쁘고 살 살아서
작은 화분 여러 개에다 잔뜩 심어서
오는 사람 가는 사람 예쁘다 하면 다 나눠주는 꽃이다.

빨리 필 때는 4월부터 피어서
눈을 말갛게 해주는
푸른빛을 담은 보랏빛 꽃이다.
장독대 앞에 자리 잡고 앉아서
문만 열면 생글생글 웃는다.
"그래, 스님과 차 마시러 갈까?"
몇 송이 예쁜 꽃을 차실로 데려와 조그만 꽃병에 꽂고
마주 보며 웃는다.

백당나무

– 마음

남덕유산 골짜기
큰 계곡 가에서 백당나무를 만났다.
숲은 더없이 푸르고
맑디 맑은 계곡물
파란 하늘
하얀 구름
새소리
바람소리
물소리…
아, 더 이상 여한이 없네!
이런 생각이 든 하루였다.

맑은 물에 세수를 하고
바위에 앉아
꽃 몇 송이를 늘어놓았다.
가을에 익는 빨간 열매는
겨울까지 눈 속에 남아 있어
새들이 좋아한다.

개망초

– 화해

정다운 꽃 개망초
활짝 피면 꼭 계란으로 프라이를 해놓은 것 같다.
그래서 계란꽃이라고도 한다.

그 생명력은 말릴 수가 없다.
이 산골짝도, 버리고 간 밭도,
여지없이 개망초밭이 되어 있다.
깊은 골짝 버리고 간 밭에서 군락으로 꽃이 활짝 피면
하얀 물결이다.
꽃물결. 향기도 참 싱그럽다.

농촌에서는 너무나 잘 번지는 잡초로 냉대를 받지만
이 꽃을 볼 때마다
이 끊임없는 생명력과 향기를 이용하여
좋은 자원으로 쓸 수 없을까 하는 생각을 했다.
꽃이 필 때 줄기째 잘라서 효소를 담가보니
기가 막히게 좋은 맛이 나왔다.
꽃차로도 맛있었다.

개망초순은 배추나물이라고도 하며
나물로 먹는다.
나도 봄여름가을겨울 할 거 없이 뜯어서
된장국에 넣어 먹는다.
맛있다.

장에서 사 먹는 나물들보다 더 건강하고
농약 치지 않은 것이라 안심하고 먹는다.
지금은 염료재로도 활용하고
여러 치료약, 보톡스며 화장품의 재료로까지 연구되고 있다.
이 향기롭고 끈질긴 생명력을 지닌 풀꽃을 잘 연구하여
잡초가 아닌 다양한 약초로 쓰일 날을 기대해본다.

풍접초

- 불안정

모양이 족두리를 닮아서 족두리꽃이라고도 한다.
예뻐서 나도 마당에 몇 포기 심었더니
아침이슬에 빛나는 모습이라니,
세상 제일 예쁜 족도리다.

구릿대
– 이루어질 수 없는 사랑

키가 커서 꼭 나무 같구나.
소나무하고 키 자랑을 한다.
흰 꽃도 멋있네.

생약명은 백지(白芷)라고 하며
두통, 치통, 신경통 등에 약으로 쓴다.
어린 순은 나물로 먹는다.

꽃이 내게로 와

산수국
– 변하기 쉬운 마음

깊고 깊은 숲속에
산수국이 숨어있다.
산딸기와 함께
숨어 산다.
아무도 모른다.

우리,
살짝 가볼까?

황매산에 가다가
이름 모를 산골짜기 오지로 들어가 봤다.
우와! 산수국이다.
좁은 산길로 울퉁불퉁 들어가다
한 송이씩 비치더니
온 산이 산수국 천지다.
큰 소나무 아래 차를 세우고 숲으로 들어간다.
푸른빛, 보랏빛, 연둣빛, 분홍빛
신비스런 빛깔들로 온 산을 물들이고 있는 산수국.
가슴이 뛴다.

우와, 우와! 산딸기도 지천이네.
큰 소나무에 턱 기대어 엉겅퀴가 뽐낸다.
이런 예쁜 빛깔 본 적이 있느냐고.
분홍빛 노루오줌,

하얀 별들을 수없이 달고 있는 까치수염,

붉은 싸리꽃.
아! 작살나무도 있네.
보랏빛 잘 영근 열매들이 쪼르르 달리면 얼마나 예쁜지.
꽃도 분홍빛으로 예쁘네.
사진을 찍느라 뻘뻘 땀 흘리며
해가는 줄 모르고
산딸기를 배가 부르게 따먹고
땀에 젖은 얼굴을 계곡물에 씻는다.
계곡도 크고 물도 맑구나.
오지라 인적도 없고 내 세상이네.
이곳은 마치 신선들의 놀이터 같다.
집에도 가기 싫다.
어둡기 전에 내려가야지.
내일 날만 새면 또 달려올 거야.

여름

산수국이 피면 본격적인 여름이다.
벌써 집으로 들어오는 길목에,
면 소재지부터 쭈욱 들장미가 피었다.
장 보러 갔다가 돌아오는 길이면
일렬로 길 쪽을 보고 고개를 숙이고 인사한다.
"스님, 잘 다녀오셨어요?" 하고.
어쩌다 밤 중에 돌아올 때면
더욱 반긴다.
고맙다 장미야.
너희들이 있어 이 길이 정답구나.

남덕유산 가는 길엔 미역취가 많다.
큰 군락을 이루어 노란 빛깔을 멋지게 칠한다.
원추리도 계곡물 소리 들으며 시원하게 웃는다.
산수유가 장독대를 지나 가지를 쭈욱 뻗고는
마당까지 쑥 나왔다
산수유나무 대단해.
이 집에 이사 오자마자 다섯 그루를 울처럼 심었더니
10년이 지난 지금은 얼마나 크게 자랐는지
호수를 다 가려버린다.
빨간 열매도 얼마나 많이 달아주는지
효소 담그는 재미가 쏠쏠하다.
하루는 열매가 잘 익었길래
내일은 따서 효소 담가야지 했는데
나갔다 들어오니 하나도 없이 물까치가 다 따먹었다.

맛이 좋은 때를 딱 기다렸다가
일제히 따먹나 보다.
물까치도 예쁘게 생긴 친구니 이제 양보해 버렸다.
단지에 담가 놓은 것도 많이 있으니.

자귀꽃

꽃이 내게로 와

장맛비가 줄기차게 오고
풀들은 하루에 한 뼘씩 자라는 것 같다.
뽑고 또 뽑고
돌아서면 또 풀밭이다.
빗속에도 자귀나무는 예쁜 꽃을 잘도 피워댄다.

7월

지붕 위에 하얀 달이 걸렸다.
참나리가 해우소 옆에서 큰 키에
주황색 얼굴 가득 점을 찍고는 숙이고 핀다.
원추리, 모감주, 꿩의 다리. 부처꽃이
있는 대로 피어서 산과 들을 채우고
빨간 땅나리와 신비스런 해수화도 피었다.
벌개미취도 곱디고운 보랏빛 얼굴에 동그란 웃음을 가득 담고 있다.

땅나리   해수화

막 해국도 피기 시작한다.
맥문동도 길게 쑥쑥 보랏빛 고운 얼굴을 내밀기 시작한다.

줄기차게 비도 오고 숲은 꽉 차버렸다.
새들은 제 세상을 만난 양 목청껏 지저귄다.
풀벌레들도 매미와 함께 장단을 맞춘다.
숲의 대교향악이다.

층층잔대

– 감사

참 예쁜 꽃.
이맘때면 피기를 기다린다.
가녀린 키에 보랏빛 작은 꽃들을 층층이 달고
장독대 앞에서 피어난다.
애기 손톱만 한 종같이 생긴 긴 모양의 꽃이다.
엊저녁 온 비에 몸을 씻고 더욱 말간 보랏빛으로 웃어준다.
까치도 잔대 옆 소나무에 앉아 잔대꽃이 예쁘다고
경쾌한 가락으로 노래한다.

꽃이 내게로 와

잔대는 꽃도 예쁘지만 사삼이라 부르며
인삼, 현삼, 단삼, 고삼과 더불어 오삼이라고 한다.
우리나라에는 40여 종의 잔대가 있다고 한다.
잔대를 딱주라고도 한다.
잔대는 백 가지 독을 푸는 약초라고 하여 민간에서도 많이 쓴다.
인삼처럼 수명도 아주 길다.
지리산에서 잔대를 많이 보았다.
언젠가 천왕봉 근처에서 군락을 만났는데
보랏빛 예쁜 꽃들이 정말 감동이었다.

하늘타리

– 변치 않는 귀여움

참 신기한 모양이다.
하얀 꽃이 길게 덩굴 따라 핀다.
집 주변에 많이 있다.
몇 해 전 석빙고를 지었는데
그 위에 저절로 군락을 지어
석빙고 아래로 덩굴을 축 늘어뜨려 예쁘게 장식해준다.

열매는 하늘수박이라 한다.
뿌리와 열매는 귀한 약재로 쓰인다.
항암효과도 뛰어나다고 한다.
혈당 조절, 기관지, 항균, 진통,
부종, 지혈, 면역기능 등
만병에 다 쓰이는 약초다.
신선들이 인간들 모르게 몰래 먹다가 들켜서
결국 인간에게 내어주었다는 설화가 전해진다.
그래서 하늘수박이라 하나 보다.

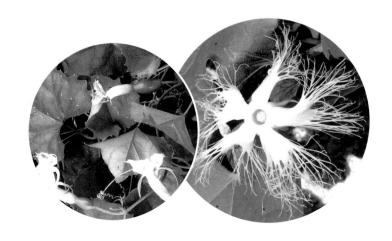

남해에서 많이 보았는데
바닷가에서 큰 소나무를 감고 올라가
열매를 늘어뜨리고 있는 모습이 장관이었다.
남해 앵강만으로 내려가는 시골 마을 돌담에
온통 하늘타리 꽃이 피어 있는 것을 보았는데
너무 예뻐서 해마다 보러 간다.

하늘타리 꽃은 제일 부지런한 꽃이다.
하늘타리 꽃은 해가 뜨면 오므라져 버린다.
하늘타리 꽃이 오므라들면 나팔꽃이 피고
나팔꽃이 오므라들 때면 어리연이 피어난다.

새벽부터 이른 아침까지
부지런한 꽃들의 향연이다.

어리연

도라지꽃
– 영원한 사랑

어쩌면 이리도 고운 빛깔을 내니?

너의 그 푸르름 속에
빠져 버렸다.

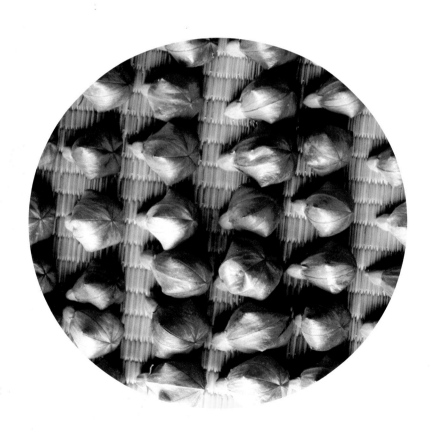

원추리꽃
– 기다리는 마음

원추리는 우리나라 자생종이다.
근심 걱정을 잊게 하는 풀이라고
망우초라 불린다.
원추리 새순은 나물로 먹는데
달달하다.
꽃을 짓이겨 상처 난 부위에 붙여주면
빨리 낫는다.
꽃에는 비타민 A, B, C가 풍부해
활력 증강, 피로 회복에 효능이 있다.
뿌리도 좋은 약으로 쓴다.
여성병과 출혈을 멎게 하고
항암, 항염 작용도 있다고 한다.
애기원추리, 섬원추리, 노랑원추리,
큰 원추리 등 10여 종이 있다.
주황색 꽃이 예뻐
공원에서 흔히 만날 수 있는 꽃이다.

근심 걱정을 잊게 하는 풀이라고
망우초라 불린다.

동자꽃

– 기발한 지혜

10년도 전에 지리산엘 갔었다.
도반 스님과 둘이서.
법계사에서 자고 아침 일찍 천왕봉으로 나서는데
폭풍주의보가 내려서 비가 많이 왔다.
여기까지 와서 포기하면 또 언제 오려나 싶어서
주지 스님의 만류에도 산행에 나섰다.
우의를 챙겨 주셔서 입고 천왕봉으로 갔다.
주의보가 내리면 입산금지이기 때문에 산에는 아무도 없었다.
폭풍우 치는 산안개 속의 천왕봉은 그냥 장엄,
경탄 그 자체였다.
법계사에서 잤기에 가능한 일이었다.

마침 천왕봉 밑으로 동자꽃들이 한창 피어 있었는데
골짜기마다 산안개가 우– 우–
하며 올라오는데 그 엄청난 기운은 지금도 생생하다
말로는 도저히 표현할 수 없는,
태어나서 처음 느껴보는 신성한 산 기운이었다.
엄청난.

노각꽃
– 정의

여름 산행 중에 동백꽃 같은 하얀 꽃이 보이면
그건 틀림없이 노각꽃이다.
꽃 모양이 꼭 동백꽃을 닮아 하동백이라 부른다.
꽃이 질 때면 나무 밑이 하얗다.
키 큰 나무에 꽃이 엄청나게 달리기 때문이다.
키가 11~15미터까지 크게 자라는 나무이다.
나무껍질도 너무나 아름다워서 비단나무라고 한다.
배롱나무나 모과나무 껍질 비슷한데
훨씬 아름답다.
비단나무라니까.

거창에는 노각나무를 무척 사랑하는 권영익 거사님이 있다.
우리나라 토종나무인 이 노각나무에 반해서
전 재산과 젊음을 다 바쳐 노각나무 연구에 매달리고 있다.
노각나무를 국내 최초로 식약처에 식품으로 등록하고
다양한 노각나무 식품을 개발하고,
화장품도 만들고 차도 만들고
노각나무를 세상에 알리기 위해 일생을 바치기로 한 40대의 젊은이다.
나하고의 인연도 있다.
아주 까다로운 식약처의 식품등록 때문에 고전하던 중
나의 책 <봐라! 피었다. 산야초효소>에 있는
'노각나무' 편을 들고 가서 허가를 내는 데 도움을 받았다고.
거사님 산에서 재배한 커다란 산양삼을 선물로 들고
인사차 왔었다.
새벽부터 덕유산이 마주 보이는 모리산에서
노각나무를 심고 가꾸고 있다.
치유의 숲을 만들고 싶다고 하였다.
온갖 산야초들을 계속 심고 공부하고 있다.
어떤 맑은 날 치유의 숲 구경을 시켜주겠다며
나를 모리산으로 안내하였는데
모노레일까지 설치해 놓아서 깜짝 놀랐다.
산꼭대기까지 타고 올라갔는데
내가 좋아하는 산수국까지 군락을 지어 피어있어서
더욱 기분이 좋았다.
욕심도 없이 자신의 신념에 충실한 그가
나는 참 애국자라는 생각이 들었다.
부디 그의 꿈이 이루어져
아름답고 우수한 우리 토종 노각나무숲이
세계에서 으뜸가는 치유의 숲이 되기를 축원해 본다.

해당화

- 미인의 숨결

서해 바닷가에서 만난 꽃
바닷가에서 꼭 만나는 꽃
동해 바닷가에서도 만난 적 있다.
정숙한 미인 같은 빛깔이다.

해당화가 필 때면
나는 꼭 서해안의 천리포수목원에 간다.
수목원 들어가는 천리포해수욕장에
가로수로 쭉 해당화를 심었다.
해당화가 피고
바다에는 청춘들의 윈드서핑이 신났다.
젊은 아가씨들이 까맣게 그을려
서핑하는 모습이 참 건강하다.
아름다운 금수강산.
그림 같은 바닷가.
어렸을 적 언니와 늘 함께 부르던 노래를
불러보았다.
"바닷가에 해당화 홀로 피어서
하소연 한심사에 고개 숙였소"

해당화는 열매도 너무 예쁘다.
주황색 열매는 레몬보다
열일곱 배나 많은 비타민 C가 들어 있어서
감기 예방, 피로 회복에 약으로 쓴다.
꽃은 향수의 원료로 쓰인다.

장미들 중에서 해당화 향기는 으뜸이다.

범부채

– 정성 어린 사랑

며칠째 오던 비가 그치고
반짝 해가 났다.
차실에 앉아 밖을 내다보니
범부채가 햇빛을 받으며 피고 있다.
그림같이 예쁘네.
이파리 모양이 부채를 닮았고
주황색 꽃에 범 무늬가 있다.

까맣게 맺히는 씨앗이 예뻐
차실에다 꽂아둔다.
한 번 심어 놓으니 저절로 잘 번진다.
뿌리는 사간(射干)이라 하여
편도선염과 목 질환에 좋은 약으로 쓴다.

이파리 모양이 부채를 닮았고
주황색 꽃에 범 무늬가 있다.

어수리

– 구세주

여름꽃이 추위를 이기고
겨울에 또 피었다.
나지막이 몸을 낮추고
붉은색을 띠고 피었다.
얼마나 당당한지 위엄 있네.
여름에는 키가 엄청 크게 피는데
향기도 좋고 맛도 좋아 수라상에 올리던 나물이다.
꽃말도 구세주다. 대단하네.
뿌리도 왕삼이라 하여 약으로 쓴다.
관절염, 중풍, 종기, 두통, 당뇨에 탁월한 효능이 있다고 한다.

회향
- 극찬

너의 향기는 참으로 극진하구나.
새순 모양은 고운 깃털같이 사랑스럽다.

전 세계적으로 사용되는 본초의 하나로
향이 좋아 다양한 향신료로 쓰이고
혈관질환, 피부병, 위장병, 부인병 등
많은 나라에서 약재로 쓰인다고 한다.
건강하게 큰 키를 키워 향기 좋은
노란 꽃을 피운다.

늘 올려다본다.

개회향

– 노래

정말 향기가 좋구나.
거창 장에 가다가
수양벚나무 아래서 꼭 만나는 꽃이다.
차를 세우고
한참을 향기를 맡아본다.

그래 너는 저절로 노래가 나오게 하는 꽃이구나.

회향은 내 키보다 더 크게 자라는데
개회향은 키가 작다.
한 30센티미터쯤 된다.

꽃범의 꼬리

– 청춘

여름 내내 마당을 예쁘게
만들어 주는 예쁜 분홍 꽃.

꽃대의 모양이
꼭 호랑이 꼬리를 닮았다.

참나리

– 순결

바람이 선선한 아침
서산의 달이 지붕 뒤로 더 놀고 싶어
넘어가지 못하고 있다.
참나리꽃이 큰 얼굴을 숙이고 피었다.
수술과 암술이 도도하네.

얼굴의 까만점은 호랑나비에게 꿀을 안내하는 표식이다.
멋진 암술과 수술은 수정해서 열매 맺는 일을 하지 않는다.

부처꽃

– 자비

뒷산 골짜기로 가보니
우와! 부처꽃 군락이다.
큰 습지가 있고 부처꽃이 한창이다.
정말 놀랍다.

그리고
'기쁘다.'
부처꽃이라서 더욱.

벌개미취

– 청초

참 건강하고
단정하네.

우리나라에서만 자라는 자생 식물이다.
언젠가 상원사에서 내려오다 한국자생식물원에 들렀는데
마침 벌개미취가 끝도 보이지 않는 군락으로 피어있었다.
놀랍고 감동적이었다.
지금도 눈에 선하다.

맥문동꽃
– 인내

여름 공원에서 꽃 핀 모습을 보니
보라색 융단 같다.

호흡기질환, 폐, 심장을 위한 약으로 쓴다.

바위채송화
– 순진함

노랗게
나지막이 앉아서
참 순진하게도 웃는구나.

참당귀꽃

− 굳은 의지

지리산 가는 길
함양 근처를 지나다
참당귀를 만났다.
아주 고귀한 자줏빛의 꽃이
마음을 확 사로잡는다.

옛날부터 귀한 부인병약으로 쓰여온 약초이다.
참당귀는 기력이 다했을 때 먹으면
원기를 회복하여 집으로 돌아올 수 있다고
전쟁터로 나가는 남편의 품속에 넣어주던 귀한 약재다.
진통, 혈압, 항암에도 좋다고 한다.

자줏빛의 참당귀는 우리 토종이고
흰 꽃이 피는 일당귀는 일본에서 건너온 것이다.

무릇꽃
– 인내

바닷가를 여행하다
무릇 군락을 만났다.
산소 가에 온통 무릇꽃이 피었다.

바다를 배경으로 한 한 폭의 그림
대자연의 조화
표현할 수 없는 아름다움

금불초
– 상큼함

그 장관이던 온 마당의 꿀풀이 지고 나서
썰렁한 터에
상큼한 금불초가 피었다.
샛노란 밝은 꽃.

노란 꽃이 무리 지어 피는 모습이
부처님의 온화한 웃음 같아서
금불초(金佛草)라 이름 붙였다고 한다.
여름에 피는 국화라 하여 하국이라고도 한다.
금불초가 피면 집이 환해진다.

봉숭아

– 아이 같은 마음

그리움의 꽃

동화 속 같은 꽃

어릴 적 어머니가 손톱에 물들여 주던 꽃

올해는 대구 사는 신도분이 애기를 데리고 와

나도 같이 새끼손톱에 물을 들였다.

어머니 생각이 나는 꽃.

바디나물
– 여신의 꽃바구니

홀딱 반해버린 꽃이다.
해 뜰 무렵 사진 찍는다고 몇 시간씩이나 모기에게 물려가며
보고 또 보는 꽃.

반쯤 피어난 모습이
꼭 꽃바구니 같네.

참당귀꽃 같이 아주 고귀한 자줏빛이다.
향기도 최상급이다.

연삼이라고도 하며
피를 깨끗하게 하고
당뇨, 고혈압, 관절염에 약으로 쓴다.

산에서 만난 제일 예쁜 꽃이다.

일월비비추

- 좋은 소식

우와! 또 만났네.
남덕유산,
내가 자주 가는 골짜기,
이맘때면 올 때마다 만나는 꽃.
큰 계곡 가에 물소리 들으면서 예쁘게도 잘 피었다.
주변이 온통 일월비비추 군락이다.

이 계곡은 쪽동백, 함박꽃나무, 생강나무, 향기 좋은 비목나무…
내가 좋아하는 나무들이 다 있어 자주 오는 곳이다.
물도 내가 본 물 중에서 가장 깨끗한 것 같다.
큰 바위 계곡에 일월비비추꽃이 핀다.
이곳은 나의 비밀 아지트다.

일월비비추

천상의 향기가 나는 자주꿩의 다리도 있다.
꿩의 다리는 많은 종류들이 있다.
모양에 따라
연잎꿩의 다리. 꼭지연잎꿩의 다리,
금꿩의 다리. 좀꿩의 다리. 잎꿩의 다리.
발톱꿩의 다리, 산꿩의 다리,
은꿩의 다리, 참꿩의 다리, 바이칼꿩의 다리 등 다양하다
이곳은 자주꿩의 다리 군락지다.
산 향기 빼어나고 물소리 깨끗하고,
나는 남덕유산이 참 좋다.

애기비비추

상사화

— 이룰 수 없는 사랑

잎과 꽃이
서로 만날 수가 없구나.

나무수국

– 냉정

가지가 휘도록 꽃이 핀다.

장맛비가 오고 또 오더니
결국 마당에 시내가 생기고
집 뒤 대밭으로 폭포가 생겼다.

지루한 장맛비 속에서도
애기 얼굴만 한 꽃을 꿋꿋이 피우는
나무수국.

고맙구나.
너 때문에 빗속에서도
행복하구나.

킬리안드라
－ 가슴이 두근거림

이른 아침
방문을 여니
갑자기 눈앞이 환해진다.

아! 뭐지?
킬리안드라구나.
참 신비한 느낌을 주는구나.

김해 인제대학교에 특강을 갔다가
새벽에 시내 외곽을 산책하게 되었다.
꽃집들이 있기에 가보았더니
아직 일러서 부지런한 한 집만 문을 열었다.
킬리안드라가 활짝 핀 모습이 너무 예뻐서
큰 화분 하나를 샀다.
꽃 이름을 물어보니 '킬리만자로'라고 하였다.
그래서 나는 한동안 '킬리만자로'라고 불렀다.
'하와이안 자귀나무'라고도 하며
부채모양의 꽃이 자귀나무와 꼭 닮았다.
킬리안드라는 그리스어로 '아름다운 수술'이란 뜻이라 한다.

정말 꽃 결이 명주실 같다.

열대식물이지만 월동이 된다 하여 사왔다.
거제도에서 큰 나무를 본 적이 있다.
오페라를 보러 나온 귀부인들의 부채 같다.
분홍분첩나무라는 별명도 있다.

오페라를 보러 나온 귀부인들의 부채 같다.

8월

무덥다 정말.
마당에 모깃불을 피우고
옥수수와 자색고구마를 굽는다.
모깃불 타는 풀 내음이 향기롭다.
사정없이 자라나는 풀들을 베어
모깃불에 놓아 연기를 내면
향기가 그만이다.

하얀 연기가 작은 오두막을 감싸고
속새 끝에 달이 뜨고
고구마 한 개씩 구워 먹으면
여름밤은 동화 속이다.

오늘은 8월 7일, 입추이다.
절기는 못 속이나 보다.
숨이 턱턱 막히던 더위도 물러가고
봉숭아 맨드라미가 한창이다.
파란 나팔꽃은 소나무를 칭칭 감고
소나무 꽃이 되었다.
부처꽃은 사람 키 만큼 쑥 자랐고
작은 연못엔 다이아몬드마름이
개구리밥 잔뜩 채워진 초록 속에서
잘도 번져간다.
벗풀도 쭉쭉 뻗어간다.
속새도 대장부 같은 키를 곧게 곧게 키웠다.
방아풀도 꽃을 피우기 시작한다.
석빙고 위엔 하늘타리 흰 꽃이 피고 또 피고…
마음도 평화롭다.

새벽녘에 바깥에 나가 보니
호수가 안개 속에 신비롭다.
안개가
이루 말할 수 없는 신비스런 채색을 하고 있다.
순간포착!
이곳에 사는 덕분에 아름다운 호수를 꿈속 같이 본다.

귀뚜라미 소리가 가을을 알리고
새벽엔 이제 겨울 조끼를 입어야 한다.
달맞이꽃이 져가고 칡꽃은 아직도 피고 지고 한다.
물가의 개발나물, 뒷산의 궁궁이 뚝갈도 하얗게 산을 수놓고
마타리는 멋들어지게 늘씬한 모습으로 노란 꽃을 달았다.

달맞이꽃

칡꽃

가을이 오고 있네.
물매화가 땡땡 여물었다.
주변에 둥골나물들이 피고 지고
어느새 참취가 개운한 얼굴을 쑥 내밀었다.
구절초도 맺었다.
집 입구에 꽃길을 만들었더니 엄청나게 번졌다.
올가을은 오막살이가 구절초 맑은 향기에 휩싸이겠구나.
논 가에는 보풀들이 많이도 자라 있다.
아직 꽃은 피지 않았다.
뒷산 칡꽃 옆엔 언제나 그 자리에 갯패랭이도 피었다.
매듭풀꽃도 예쁘다.
오이풀은 짙은 자색의 꽃이삭을 단 모습이 귀엽다.
못 말리는 돌콩은 아무 풀이나 마구 감고
덩굴 길게 말간 자색 꽃을 달고 있다.
풀숲의 너무 예쁜 작은 꽃 이질풀도 방긋 웃는다.
쭈그리고 앉아 같이 웃어준다.

이질풀꽃

꽃이 내게로 와

달개비

장독대 뒤에 길게 쭉 심어 놓은 쪽이
장맛비에 무너져 내린 축대 사이사이
굳세게도 꽃들을 피워낸다.

대밭 앞의 바디나물은 어느새 그 귀한 자색 꽃을 감춰버렸네.
회향은 이제 지고 약효 좋은 씨앗이 영글고 있다.
구석구석 숨어서 들깨풀이 피어나고
탑꽃, 애기탑꽃, 주홍서나물, 온갖 풀꽃들이
아무도 봐주지 않아도 찬란하게 꽃들을 피워내고 있다.
매실나무 밑으로 넓게 닭의장풀이 신비스런 얼굴을 내밀었다.
샛노란 수염을 달고, 도라지꽃도 푸르게 희게 피어나고
무릇도 군락 군락 분홍빛 예쁜 꽃대를 올리고 있다.
8월은 풀꽃들의 잔치이다.
청개구리가 어느새 들어왔는지
방문을 타고 귀여운 쇼를 하며
나를 웃게 한다.

쪽

– 추억

붉은 꽃이 기다랗게
맨드라미와 사이좋게 피었다.
염색재료로 쓰지만
나는 쪽꽃이 예뻐서 키운다.

쪽은 강한 살균력이 있어
상처나 악성 종기, 무좀, 가려움증, 피부병에 약으로 쓴다.
최옥자 천연염색 명장님을 만난 적 있는데
쪽은 위장병에 특효약이라고 알려 주셔서
쪽잎으로 쌈도 싸 먹고
쪽꽃을 차로도 우려 마신다.

秋 가을

(9월·10월·11월)

9월

또르르……
찌르 찌르 찌르……
풀벌레 소리
귀뚜라미 소리 또르르……
요란한 물까치 꺅 꺅 꺅 꺅……
모든 소리들을
크게 한꺼번에 눌러버리는
뚜르르-
딱따구리
가끔씩 선명하게
찌르르……
꺅꺅
또 다른 색다른 풀벌레와 새 소리
아침을 알리는 숲의 대교향악이 시작되었다.

아직 호수는 안개에 잠겨 있고
추석이다.
엊저녁 달은 참 예뻤다.
꿈결 같은 가을 아침
마당 가운데 길게 포행길 양쪽으로
맨드라미가 모두 다 피어나 길을 밝힌다.
나팔꽃은 온 집 둘레에 이른 아침마다
파란 나팔을 불어댄다.
참취꽃은 있는 대로 키를 키워 하얗게 웃는다.

꽃이 내게로 와

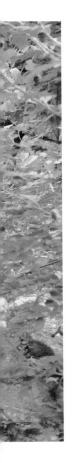

한밤중엔 소쩍새가 울고
호박이 누렇게 익고
조선오이도 석빙고 담벼락에 누렇게 익어 주렁주렁 달리고
여름 내내 고마운 반찬이 되어주던 풋고추가 빨갛게 익었다.
산골무꽃은 아직도 한 송이씩 꽃을 피워준다.
소쩍새가 밤새워 울다가
새벽에야 그쳤다.
저녁나절
차판에 앉아 꽃차 한잔을 우리니
차실 구석 한켠에
귀뚜라미 한 마리가 들어와
나지막이 노랠 불러준다.

코스모스

– 순정

아, 가을인가!

온 마당을 가득 채워준 꿀풀이 진 자리를
코스모스가 대신한다.

10월

코스모스가 져가고
들국화가 피면 10월이다.

황토방에 불을 지피고
한 송이씩 곱게 펴 말린 꽃
구절초 세 송이를 우려본다.

입안 가득 가을을 머금고
높은 하늘을 쳐다본다.

구름이 흘러가네.

꽃이 내게로 와

구절초

– 어머니의 사랑

가을 산을 향기로 가득 채워주는 꽃.

군락을 만나면 집에 오기 싫은 날이다.
어둑해지면 꽃눈이 온 것 같다.
집에서 30분쯤 가면 온 산이 구절초인 곳이 있다.
하루는 산행하다 집으로 돌아오는 길에
집 뒷산 벌목한 넓은 터에
"누가 목화를 심었나?"
온 산이 하얗길래 올라가 보았더니
큰 소나무 아래 끝이 보이지 않을 정도로
구절초가 온 산을 하얗게 물들이고 있었다.

고맙다 구절초야!
네가 내 곁으로 왔구나.

신선이 어머니에게 준 약초라고
선모초(仙母草)라고 한다.
어머니 생각나게 하는
꼭 그런 꽃.

꽃향유
– 가을 향기

가을을 향기로 물들이는 꽃이다.
호숫가를 드라이브 하다, 꽃향유 군락을 만났다.
호수를 배경으로 큰 벚꽃나무 아래
긴 보라색 행렬.
차를 돌릴 수밖에 없는 광경이었다.
한 아름 꺾어다 마루에 꽂았다.

꽃향유는 우리나라 토종 야생화다.
밀원식물이며 어린 순은 나물로 먹는다.
한방에서 감기, 두통, 복통, 구토, 부종, 종기 등을
치료하는 약으로 쓰는 우리 풀이다.

고만이
– 꿀의 원천

구절초를 따러 가는 산길에서 만나는 꽃이다.
물가에 엄청난 군락으로 피어있는 모습을 보면
잡초라 하기엔 미안하다.
흰색 빨간색 분홍색…
얼마나 예쁜지 모른다.
그 곁엔 사이좋게 여뀌 군락이 있다.
가을바람 선선하고 구름 예쁜 날
숲 가의 고만이는 그냥 한 폭의 수채화다.

흔해 빠진 잡초지만 좋은 약으로 쓴다.
류머티즘, 방광염, 이질, 소화불량, 위장병, 간염 등에 좋다.
고마리라고도 부른다.

용담
– 당신이 힘들 때 나는 사랑한다

더 이상의
기쁨은 없다.

물매화

– 결백

어쩌면 이리도 깨끗할 수가 있니?

산길을 가다 바위 위로 졸졸
이끼 속으로 흐르는 개울물 따라
물매화 군락을 만났는데
깜짝 놀랐다. 너무 예뻐서.
신의 작품이지.
어떻게 너를 표현하니?

이끼
바위
조용히 흐르는 물소리.
감사하다는 표현밖에 할 수가 없구나.

언젠가 영동 심천 옥계라는 산골에서
산길을 걷다
금강초롱꽃을 보고
나는 순간
숨이 멎는 것 같았고
눈물이 났다.
그때는 폰도 없던 때라 찍을 수도 없었다.

내가 만난 꽃 중에 가장 감동적인 꽃이었다.
금강초롱을 만났을 땐 눈물이 났는데
물매화를 만나니 하늘을 보고 웃는다.

천지만물이여
두두물물이여
감사합니다.
대자연 속에 살 수 있게 하셔서.

수리취

– 장승

참으로 신비스런 꽃이다.
모습도 빛깔도.

가을 산에 우뚝 서서
지는 해를 바라보네.

큰 엉겅퀴
- 엄격

엉겅퀴가 지고 나면
큰 엉겅퀴가 핀다.
큰 키에 참 엄격한 모습이지만
보랏빛 얼굴을 언제나 숙이고 피는
겸손한 꽃이다.

남은 국화며 맨드라미가 다 져도
꿋꿋이 서서 꽃씨를 날리고 있다.
존경스럽다.
꽝꽝 얼어도 아직도 서서
꽃씨를 날리고 있다.
12월이 다 가도록 서 있다.
그래서 마른 풀들을 다 베었지만
벨 수가 없다.
차실에 앉아서 차를 마시면
눈앞에 당당히 서서
나와 함께 호수를 바라본다.

무슨 생각을 하고 있을까?

산국

– 순수한 사랑

머리가 개운하구나.
네가 피어
오막살이 작은 집을
황금의 집으로 만들어 주는구나.

에구구 —
갑자기 기온이 뚝 떨어지더니
아침에 청설모가 얼어 죽었네.
귀엽고 쪼그만 애기 청설모.
돌아다니다 집을 잃었나 보다.
고이 묻어 장사지내 주었다.
코스모스 산국으로 무덤을 꾸며
목련나무 밑에.

내년 봄 목련이 더욱 피어나면
네 공이구나 생각할게.

청설모 무덤

명자꽃은 본래 봄에 핀다.

명자꽃
– 겸손

어!

가을에 명자꽃 한 송이가 피었네.
그런데 너무 예쁘게 피었다.
산국을 배경으로 품위 있게.
열매는 모과를 닮았지.

반가워요, 명자씨!

배초향(방아)

― 향수

시골 어디서나 쉽게 볼 수 있는
우리 토종 허브이다.
한방에서는 곽향, 토곽향이라 하며
만병통치약이라 할 정도로 다양한 효능을 지니고 있다.
소화불량, 구토, 복통, 만성위염, 설사, 피부병 등에 좋고
면역력과 항염, 항암, 항균, 살균 효과가 있어 다양하게 쓰이고 있다.

우리 집 장독대에도 가을이면 어김없이 피는 꽃이다.
얼마나 생명력이 강한지, 다른 꽃이 다 져도
서리가 올 때까지 꽃이 남아있다.
어느 해 축담 기둥 사이로
방아가 파릇한 이파리를 동그마니 벌리고 돋아 나왔다.
매일 마루를 오르내리며 보니
하루가 다르게 자라는 모습이 대견스럽다.
오호!
나는 하도 기특해 '방아대장군'이라 이름을 붙였다.

개운하고 맑은 우리의 향이다.
서양의 허브와는 격이 다르다.
지혜로운 우리 선조들은 옛날부터
약으로 향신료로 써왔다.

가을이 익어가고 방아가 드디어
꽃을 피웠다.
나는 마루에 오르내릴 때마다
"방아야 참 대단하구나" 칭찬하였다.

꽃이 내게로 와

흙 한 줌 없는 시멘트 틈 사이로 올라와
기둥 옆에 위풍당당한 모습으로 꽃을 피웠으니,
때론 기진맥진할 때 이 방아만 보면 새로운 힘이 난다.
"그래, 여리디여린 풀인 너도 거기서 꽃을 피우는데…."
이윽고 찬바람이 불고 겨울이 왔는데도,
마당의 꽃들이 다 졌는데도,
구절초며 산국이 다 졌는데도,
이 방아는 끝까지 남아서 꽃을 피우고 있었다.
경탄!
말할 수 없는 교훈을 배운다.

이듬해 그 자리에 또 돋아나온 방아.
나는 반갑고 고마워 매일 물을 주고 또 주며
애지중지 키웠다.
작년보다 키는 배나 자랐고
잎 무성하게 가지를 벌렸다.
"아, 얼마나 더 많은 꽃을 멋지게 피울까."
기대에 차 있었다.
그런데 어느 날 외출했다 돌아오니
아뿔싸! 방아대장군이 푹 고꾸라져 있는 게 아닌가.
'과유불급'을 확실히 배웠다.
작년에 그냥 두었을 때는 저 스스로 살기 위해
온 힘을 다하여 자신에게 맞는 성장을 하였다.
내가 물을 주고 보살폈더니
덩치만 크고 겉모습만 보기 좋게 무성하였지
바람과 햇볕을 견뎌낼 힘을 잃어버린 것이었다.

해마다 돌 틈 사이로 풀들이 돋아나온다.
무슨 꽃이 필지 그냥 지켜본다.
때로는 뽀리뱅이가
때로는 민들레가
어떤 때는 매발톱이
아주 건강한 모습으로 피어난다.
"올해는 또 어떤 꽃이 저기서 피지?" 하며
오늘도 기다린다.

가을 여행

구절초 따고
산국도 따고
꽃차들을 다 만들고 나면,
나는 여행길에 오른다.
작은 오두막에 혼자 살면서
이 가을 여행이 가장 큰 낙이다.

올해는 마음먹고
캐나다 메이플로드(Maple-road)에 갔다.
나이아가라와 미국도 곁에 있으니 작정하고 나섰다.
메이플로드는 세계에서 가장 아름다운 단풍길이라는데
기대가 컸다.
나이아가라 폭포에서 시작해 토론토, 오타와, 몬트리올, 퀘벡까지
장장 800km 거리가, 단풍의 나라 캐나다에서도 단풍이 가장 아름다운 길이라 한
다. 가스페 반도까지 이어지는 전체 메이플로드의 길이는 무려 1,900km다.
좋구나, 단풍길.

그러나 우리나라 설악산의 천불동 계곡,
지리산의 정령치, 청학동, 노고단,
그리고 덕유산의 무주구천동이 훨씬 아름답다는 생각이 들었다.
역시 한국은 금수강산이구나 하는 생각이 절로 들었다.
1,864개의 크고 작은 섬이 보석을 뿌려놓은 듯 흩어져 있는
킹스턴 천섬의 모습은 인상적이었다.
바다같이 넓은 호수에
작은 섬들마다 개인 소유의 별장들이
취향 따라 다양한 모습이었다.
강대국의 풍요로움에 경의를 표할 수밖에.
그래도, 우리나라 경치가 금수강산이지.

도시 전체가 유네스코 지정 세계문화유산인 올드 퀘벡은
세인트로렌스강을 따라 단풍이 그지없이 아름다웠다.
5층 건물 한쪽 벽 전체가 거대한 벽화로 꾸며진
프레스코 벽화 건물이 아름다웠다.
캐나다와 프랑스 출신의 화가 12명이 그렸다고 하는데
가장 인상에 남는다.

나이아가라 폭포는 다시 가고 싶은 곳이다.

마침 밤에는 보름달이 뜨고

오색으로 레이저를 쏴

그림 같은 풍경을 볼 수 있었다.

낮에는 유람선을 타고 폭포 속으로 들어가

물벼락을 흠뻑 맞아도 즐거웠는데,

폭포의 난간에 기대어 듣는 물소리는 정말 천둥소리였다.

그 큰 물소리가 나는 좋았다.

언제까지나 듣고 싶었다.

밤에도 낮에도 좋았다.

폭포 소리는 모든 생각을 다 날려버리고

그냥 대자연과 내가 하나가 되는 느낌이었다.

한가한 날에 나이아가라 근처에서 오래 머물러볼 작정이다.

캐나다 구경을 잘하고 미국 동부로 갔다.
서부는 오래전에 그랜드캐년을 보러 갔었는데
대자연의 장엄함을 기대하고 갔지만
실망스러웠다.
오히려 전혀 기대 안 한,
작년 봄에 본 세도나가 훨씬 감동이었다.
브로드웨이에서 오페라를 보고
센트럴파크에도 두 번이나 갔다.
마차가 인상 깊었다.
거리의 악사들
큰 잔디밭에 대상화가 만개한 풍경
잔디밭에서 한가로이 쉬는 사람들을 보았다.
강대국의 풍요로움과 평화로운 광경들이 보기 좋았다.

맨해튼의 화려함도 보았다.
쇼윈도마다 세계에서 제일 좋은 물건들이 즐비했다.
엠파이어스테이트빌딩에서 기념으로 빌딩이 새겨진 고급 와인 잔을 샀다.
꽃병으로 쓰면 예쁘겠다 싶어서.
맨해튼의 유람선을 타고 보는 풍경은 참 부자 나라 같았다.
역시 세계 최고 강대국이라는 느낌이 확 왔다.
자유의 여신상
한가로운 요트들
그림 같은 건물들.
허드슨강을 따라 자유의 여신상이 있는 리버티섬까지 갔다가
이스트강을 따라 맨해튼 다리까지 돌아오는
바다 같은 강물 위의 유람선 관광은 환상이었다.
내게 드는 생각은
거대한 도시와 대자연들을 보고 나니
사람이 생각하는 것은 무엇이든지 가능하구나
하는 것이었다.
네덜란드에서 운하 관광을 할 때도
'바다 밑에 도시를 만들다니,
나도 우리나라에 돌아가면 못할 것이 없겠구나'
하는 생각이 들었었다.

꽃도 아름답고,
나이아가라도 장관이고, 히말라야도 장관이지만…
메이플로드도,
아름다운 건물들도 대단하지만…
동티베트를 여행하면서
그곳 사람들을 보면서
아! 역시 세상에서 가장 아름다운 것은 꽃보다 사람이구나
하는 생각이 들었었다.

세계자연유산인 구채구(九寨溝)에 갔을 때의 기억도 새롭다.
옥색 물빛 폭포가 장관이었는데
석회수라 몇백 년이 지나도 썩지도 않는다고 했다.

중국의 천국이라 할 만큼 감동이었는데
장족들이 하는 오페라를 보고는
가슴이 뭉클하였다.
아! 사람은 이런 소리를 내고
이런 몸짓을 해야 하는구나 하고 느꼈다.
세계에서 가장 잘생긴 족속이 장족이라는데
실제로 세계 명화의 주인공들보다
월등히 잘생기고 멋있었다.
세계에서 가장 잘생긴 족속이 맞다.
학교 교육이 필요치 않은 사람들,
대자연과 함께 어울려 그대로 자연인 사람들.
꽃보다 아름다운 사람들.

11월

그 꿋꿋하던 맨드라미도 지고
강인했던 들국화들도 스러지고
쓸쓸해지는 찬바람

화분들을 안으로 들이고
마른 잎들을 태우고
가지치기도 하고

아직도 피어있는 코스모스 몇 송이가
대견하다
소국 한 송이도 끝까지 피어있다.

작고 거무스레한 귀뚜라미 한 마리가
방 안을 폴짝거리며 뛰어다닌다.
그냥 놔둔다.
밖에 나가면 얼어 죽을까 봐.
엉겅퀴가 또 핀다.
지난 겨울엔 눈 맞고도 피더니,
고맙다 엉겅퀴야.
예쁘고 작은 새 한 마리가
빨간 배풍등 열매를 입에 물었다.

비토섬

연일 안개가 자욱하고
마당을 왔다 갔다 하니
오는 듯 마는 듯 안개비가 뺨에 스친다.

호수 뒤로는 안개만 보인다.
안개 속에 고즈넉이
이 작은 오두막만 있는 듯이
참 고요하다.

冬 겨울

(12월·1월·2월)

겨울 정경

꽃이 피고 지고
작은 오막살이를 나무들이 감싸고
마당으로 나가야 보이던 호수가
이제 눈앞으로 다가온다.
꽃차를 마시며
방 안에 앉아서 유리문으로 호수를 본다.

장독대 위에 모이를 놓아두면
온갖 새들이 다 와서 놀아준다.
물까치가 가장 많이 온다.
푸르스름한 예쁜 날개를 크게 펴고 날아든다.
까치, 비둘기, 박새, 곤줄박이, 참새
가끔 오는 이름 모를 새들.
절대로 다투는 일 없이
차례대로 먹고 간다.
착한 새들.

햇살이 퍼지면 호숫가로 산책을 간다.
때로는 호수에서 일출도 본다.
겨울 호수는 고요하다.
눈발이 날리고
고요한 호수는 그림 같이 산을 담아
물결에 무늬를 놓는다.
마른 억새, 강아지풀, 그령들,
산뜻한 바람.
새들이 노는 물가로 내려가 본다.

오!
새 한 마리가 물을 차고
길게 물 위에 길을 낸다.
물가로 내려가니 호수는 또 다른 그림을 만든다.
봄을 기다리며 휴식하고
꽃이 피면 또 산으로 가서 꽃들과 놀고
나와 똑같은 무게로
이 고해에서 깨달음을 위해 몸부림치며
구비구비 생사의 비탈길을 돌고 돌아
저 행복의 나라(니르바나)로
향하는 그들과 하나 되어
꽃 피우리라.

엉겅퀴

– 엄격

누가 이처럼 당당할까.
온몸에 가시 갑옷을 입고서
꼭 투사 같네.
4월부터 6월까지 온 집안을 밝게 장식해주던
튼튼한 꽃.

이쁘다, 고맙다 하였더니
겨울에도 또 왔네.
큰 키로 석빙고 위에 턱 하니 자리 잡고 서서
눈을 잔뜩 맞고도 끄떡없이 서 있다.
장수 같다, 믿음직한.
"스님 걱정 마세요, 제가 지켜줄게요" 한다.

강인한 생명력.
사랑의 보답.
눈 속에 피어있는 너를 보고
많은 감동을 받는다.

뒤늦게 핀 엉겅퀴

버드쟁이나물꽃

– 기다림

큰 장독 곁에서 키 자랑하네.
팔도 한껏 벌리고.
꼭 쑥부쟁이를 닮았구나.
단정하고 분명한 꽃이다.
들국화들 중에서 제일 먼저 피더니
눈 속에서도 또 피었네.
내가 예쁘다 예쁘다 했거든.

장하다 버드쟁이나물꽃.

꽃이 내게로 와

꽃의 위력

금강선원.
캘리포니아 배닝, 팜 스프링스 깊은 골짜기의 절집이다.
청화 큰스님께서 3년 결사 묵언정진 중
1996년에 창건하셨다.
주지로 계시는 용화스님께서 초청해 주셔서
이곳 금강선원과 LA 동국대학교에서 전시회를 갖게 되었다.
고운사에 계시는 용화스님의 도반스님께서
금강선원에 오셨을 때
내가 만든 목련꽃차를 함께 우려 마셨는데,
차 맛이 기가 막히게 좋았다고,
그 인연으로 용화스님께서 초청까지 해주셨다.
목련꽃 한 송이의 위력이다.

108가지의 산 꽃들을 정성껏 말려
먹는 꽃들은 차로 우려서 대접하고
봄, 여름, 가을, 겨울, 예쁜 꽃들을
뜨거운 물에서 다시 피우고
유리병에 담아서 선물하고
계절별로 진열하고
색깔별로 진열하고
내가 만든 '고향의 봄' 차를 마시며
'고향의 봄' 노래를 함께 불렀다.
복숭아꽃, 살구꽃, 아기 진달래꽃으로 만든
'고향의 봄차.'
다들 좋아하셨다. 기뻤다.
꽃이, 이 여린 꽃이 사람의 마음을
감동시킨다.

이영미 차 선생님,
통역을 해주신 케이시 보살님,
내 일처럼 청소하고 물 나르고
옆에서 온갖 잔심부름 다하며 도와주신 젊은 의사 빌리샘,
고맙고 잊을 수 없는 분들이다.

세도나를 구석구석 구경시켜 주신 이모나 보살님과
오렌지 카운티의 아름다운 라구나비치 해변과
여러 곳을 구경시켜 주신 세리 부부 덕분에 본
캘리포니아퍼피,
거대한 캘리포니아의
눈에 보이는 모든 산을 주황색으로 덮어버린 꽃의 장관은
감동 그 자체였다.
대자연에 머리 숙이며 박수를 보냈다.
잊을 수 없는 광경.

리버사이드 카운티 레이크 엘시노는
양귀비 보호구역이다.
내가 있는 동안 마침 절정인 시기라
그 놀라운 대자연의 광경을 눈에 담을 수 있었다.
세리 부부가 너무너무 고마웠다.

세도나에 사시는 범휴스님.
마침 하얀 자두꽃이 핀 범휴스님의 도량은 참 아름다웠다.
내가 꽃을 선물하였더니
아주 좋아하시며 스님께서 소장하고 계시던
예쁜 다구와 잔들을 다 주셨다.
덕분에 나는 큰 캐리어를 하나 더 살 수밖에 없었다.
고마우신 스님들, 신도님들.

온 산을 가득 채운 캘리포니아퍼피

그해 미국에서의 봄은 꿈결 같았다.
주지스님의 허락을 받아
금강선원 제일 윗쪽에 있는 청화 큰스님의 토굴에서 지내봤는데
그 숙연해지는 감동은 내 일생의 가장 큰 선물이었다.
마침 하얀 자두꽃이 토굴을 빙 둘러싸며 피어있고
집 입구에는 복숭아꽃이 피어있었다.
아! 창가에 별목련을 심으셨다.
나무 가득 별목련이 핀 걸 보고
차를 만들어 주지스님과 나누었다.
큰스님의 성품을 엿볼 수 있는 꽃나무들.
선원에서 토굴까지 올라가는 길의 큰 오크나무들
그 아래 딱 앉아서 참선하면 좋을 듯한 커다란 바위들.
깨끗하기 그지없는 개울물이 고운 모랫길을 만들고
캘리포니아의 깊은 숲속
해가 뜰 때면 눈부시게 빛나는 하얀 자두꽃
새소리,
한참을 멈춰 서서
큰스님께 합장한다.
"청화 큰스님. 스님 덕분에 제가 이런 성스러운 경험을 다 해봅니다."

캘리포니아퍼피
– 희망

금영화.

미국 캘리포니아주 리버사이드카운티에 있는
레이크 엘시노어에서 찍은 사진.

꽃이 맺어준 인연

꽃차를 오랫동안 만들다 보니,
수녀님과 정녀님들도 이 작은 오두막에
곧잘 차를 마시러 오신다.
성당에서도 전시회를 하고
원불교 교당에서도 전시회를 하였다.
고흥 원불교 교당에서 한센인을 돕기 위한 전시회를 요청하셔서
덕분에 나는 교당에 머물면서
다도해의 아름다운 해변들을 구경할 수 있었다.
친절하고 따뜻한 수녀님들과 정녀님들.
같은 길을 가는 여자 수행자로서
그 만남의 인연에 경의를 표한다.

나와 나이가 같은 세실리아 수녀님은
내가 아플 때 대구카톨릭대학병원에 계셔서
좋은 의사 선생님도 소개해 주시고
따뜻한 보살핌을 받은 은인이시다.
함께 거제도, 청산도 여행도 하고
가장 자주 뵙는 수녀님이다.

극락으로 가는 베이스캠프

나는 식물학자도 아니고
꽃을 학문으로 연구한 사람도 아니다.
산속에서
이 작은 오막살이에서
선(禪) 수행을 하는 승려이다.

어렸을 적부터 꽃을 좋아해서
지나치지 못하고 산행 중에 꽃을 만나면 무척 반갑고
멈춰서 쳐다보고 향기를 맡고 한다.
이것이 일상이다 보니 꽃과 친해졌을 뿐이다.
찔레 향을 좋아해서
어린 시절 찔레꽃이 피면
그 주위를 빙빙 돌며 향기를 맡았다.
어떤 날 찔레꽃으로 차를 만들려고 숲으로 갔다가
엄청나게 큰 찔레꽃 군락을 만났다.
키도 크고 덤불도 크기가 어마어마했는데
그 옆에 이름 모를 나무에 매화꽃을 닮은 하얀 꽃이 피어있었다.
향기도 좋고 아주 예뻐서
찔레꽃과 함께 한 바구니 따와서 차를 만들기 시작했다.
이것이 내가 꽃차를 만들게 된 시작이다.

산행에서 꽃을 만나면 이름이 궁금했고
책을 사서 공부하게 되었다.
꽃을 공부하니 재미있었고
일부러 꽃을 찾아 산으로 가게 되었다.

이렇게 꽃들과 친하게 지내며 30년이 넘는 세월을 살다 보니
집은 꽃밭이 되었고
사람들은 나를 꽃스님이라 부른다.
숲에서 만나는 아주 작은 풀꽃들은 너무나 예뻤고
나는 꽃들에게서 풍요와 살신성인을 배웠다.
그리고 여리고 작은 꽃들일수록 감동을 주었다.
애기 손톱보다 더 작은 풀꽃들이 완전한 모양과
신비스런 색깔들을 내며 피어 있는 모양은
눈물나게 환희스러운 일이었다.
상처 없는 사람이 어디 있으며
수행자의 삶이 어찌 평탄키만 하겠는가?
나는 산속에서 꽃들을 만나면서 치유를 받았고 건강해졌다.
무한공급의 대자연 속에서 풍요로운 삶을 살 수 있었다.

내가 사는 곳은 버려진 옛날 초가삼간 오막살이지만
이곳에서 13년을 살면서
철마다 예쁜 꽃들 속에서
또 겨울엔 눈 앞에서 해가 뜨는 호수를 바라보면서 행복하고
극락으로 가는 베이스캠프쯤으로 생각하며 지내고 있다.
가야산, 덕유산, 지리산이 30~40분이면 차로 갈 수 있고
해발 1,000고지가 넘는 산들이 주변에 다 있다.
철쭉이 예쁜 황매산도 20분 거리이다.
금원산, 기백산, 황석산, 우두산이 있고
봄이면 호수는 빙 둘러 백리벚꽃길이다.
환상적이 곳이다.
봄, 여름, 가을.
이러한 산들의 오지,
등산로가 없는,
사람들과 부딪히지 않는
한적한 곳으로 가
나는
꽃들을 만난다.
꽃이 예뻐 사진을 찍고
두꺼운 자리를 깔고 큰 소나무 아래 누워서 하늘을 보면
신세계다.
약초 군락들을 만나면 효소로 담그고
먹을 수 있는 꽃들은 차로 만들기도 하고
가을 들국화 산국을 마지막으로 차를 만들고
나는 비행기를 탄다.
가고 싶은 나라들을 여행하면서
꽃들을 관찰하고 공부하였다.

꽃이 내게로 와

어떤 날 폼페이에서 냉이 군락을 보았는데
우리나라와 다르게 둥글고 예뻤다.
사람들은 유적지를 관광하느라 바쁜데
나는 늘 꽃을 보느라 뒤쳐지곤 했다.
냉이는 단백질과 비타민이 풍부한 알칼리성 식물이다.
식물이지만 단백질이 아주 풍부하다.
그래서 스님들이 고기를 먹지 않아도 건강한가 보다.
온갖 무기질 성분도 다 들어있다. 칼슘, 칼륨, 인, 철 등등.
놀랍지 않은가.
꽃말은 "당신께 나의 모든 것을 드립니다"이다.

독일 여행 중 숙소 앞에서 산책을 하다가
신기한 씨앗이 있어
문익점을 상기하며 차통에다 받아왔는데
꽃이 피니
무궁화였다. 실소!
독일에서 유학한 노교수님이 집에 차 마시러 오셨는데
그 얘기로 함께 웃었다.
독일에는 무궁화가 많고 다양하며 식용한다고 하셨다.
지금도 다섯 그루가 건강하게 자라서 꽃을 피운다.
우리나라 꽃을 독일서 가져오다니.

처음에는 나도 우리 꽃을 선호했는데
지금은 너무나 다양하고 빠른 정보 소통과 글로벌한 시대여서
굳이 우리 꽃 다른 꽃 구별하는 것이 별 의미가 없어졌다.
꽃은 누구나 좋아하고
좋아하는 취향이 다를 뿐이다.
희귀한 산 꽃들만 심다가
지금은 장미도 심는다.
꽃이 주는 향기와 감동에 국적이 있겠는가.
참 좋은 세상이다.
다양한 나라들을 마음대로 갈 수 있는 세상.
손바닥 안의 폰 하나로 소통이 가능한 세상.
우리는 하나라는 생각이 맞는 세상이다.
함께 행복하기를.

더 이상 대자연을 훼손하지 말았으면 좋겠다.
내가 산에 가면 가장 많이 부르는 노래가 <바람의 빛깔>이다.
디즈니 애니메이션 <포카혼타스>의 OST.

꽃이 내게로 와

사람들만이 생각할 수 있다
그렇게 말하지는 마세요
나무와 바위 작은 새들조차
세상을 느낄 수가 있어요

자기와 다른 모습을 가졌다고
무시하려고 하지 말아요
그대 마음의 문을 활짝 열면
온 세상이 아름답게 보여요

달을 보고 우는 늑대 울음소리는
뭘 말하려는 건지 아나요?
그 한적하고 깊은 산 속 숲 소리와
바람의 빛깔이 뭔지 아나요?
바람의 아름다운 저 빛깔을.

얼마나 크게 될지 나무를 베면
알 수가 없죠

서로 다른 피부색을 지녔다 해도
그것은 중요한 게 아니죠
바람이 보여주는 빛을 볼 수 있는
바로 그런 눈이 필요한 거죠

아름다운 빛의 세상을 함께 본다면
우리는 하나가 될 수 있어요.

꽃차 만들기

꽃을 먹을 때는
식약처의 "식품안전나라" 사이트에서
식용 가능 여부를 검색해보고 먹어야 한다.
진달래와 철쭉꽃은 비슷하게 생겨서 조심해야 한다.
철쭉은 못 먹는 꽃이다.

꽃을 차로 마시면 우선 예뻐서 기분이 좋다.
찻물 색도 예쁘고 맛도 있어서 인기도 많다.
하지만 꽃차는 기호식품이다.
병을 치료할 목적으로 쓸 때는 의사와 상의하여
처방을 받는 것이 원칙이다.
내가 꽃차를 만들면서 가장 많이 받는 질문이
어디가 아픈데 뭘 먹어야 하느냐는 것이다.
물론 기분 좋게 먹는 꽃차는
혈관도 확장시키고 혈액순환도 좋게 하며
비타민도 다양하게 들었으니 건강에 좋겠지만
어디까지나 기호식품이다.
식약동원의 차원에서 본다면
꽃보다 좋은 음식은 없을 것이다.
진달래, 아까시, 골담초 같은 꽃은
어렸을 때부터 우리가 먹고 자랐다.

맨드라미를 차로 우리면 세상 훌륭한 핑크이다.
나는 구절초와 맨드라미를 섞어서 겨울 동안 마신다.
추운 겨울에 그 예쁜 핑크색을 보는 것만으로도 마음이 따뜻해진다.
수라상에도 올라간 꽃이다.

빛깔 고운 맨드라미 꽃차

매실에 맨드라미 물을 들여 고운 색을 내게 한 조상들의 지혜가 아름답다.
맨드라미의 효능을 보면 만병통치약이다
그러나 약으로 쓸 때는 그 병에 따라서 법제 방법과 양과
먹는 법이 다 다르다.
가을 들국화도 감기에 좋은 꽃이다.
천지 만물은 이렇게 계절에 따라 알맞게 자기의 몸을 내어준다.
나는 먹을 수 있는 꽃들을
황토방에서 소나무 장작을 때고
무명천을 햇볕 좋은 날 바싹 말려서 깔고
한 송이 한 송이 펴서 말린다.
나는 산에서 살고 집이 옛날 흙집이라 이러한 방법이 가능하지만
지금은 좋은 건조기와 만드는 방법들이 인터넷에 많이 나와 있으니
취향 따라 만들면 되겠다.
얼마나 좋은 세상인가.
지금은 누구나 집에서 꽃차를 만들 수 있다.
그러나 관건은 재료가 얼마나 청정지역에서 온 것인가일 것이다.
대량 생산을 하면 방부제가 들어가야 한다는 아이러니.
이러한 정보들을 쉽게 알 수 있으니
이제 사람들은 점점 자연으로 자연으로
돌아가기를 원하는 세상이 되었다.
삶은 자기의 선택이니
아무쪼록 지혜로운 선택을 하여서
이 자유롭고 풍요로운 세상을
건강하게 사시기를 기도한다.

마치며

눈앞을 가로막아 호수도 못 보게 하던
그 무성한 잎들도 다 떨어지고
마지막까지 영하의 날씨에도 꿋꿋하게 피어있던
자색 소국 한 송이도 끝내 스러지고
오두막이 썰렁하다.
그러나 호수가 눈앞으로 다가오고
해 뜨기를 기다려 방문을 열고 내다보면
장밋빛 아침노을이 예쁘기도 하다.
한참을 보다 예쁜 빛깔에 끌려
그냥 마당으로 나간다.
꽃보다 더 예뻐 보이는 하늘, 구름,
그리고 햇님.
대자연은 우리에게 사시사철
아름다움과 가르침을 준다.
봄이 오면 꽃이 피고 겨울이면 꽃이 지고
반복되는 그 계절 속에서 나는 어느덧
나이를 먹고 노인이 되고
무심히 꽃이 피고 지는 이 평범한 일상이
으레 그런 것으로 여기지만
나는 점점 더 평온해지고 행복해졌다.
대자연의 선물이다.

내가 이 책을 쓰는 목적과
사람들에게 주고 싶은 메시지는
대자연이 우리에게 주는 무한공급과 풍요로움 속에서
건강한 삶을 살았으면 하는 것이다.

꽃들이 내게 준 감동을
그대에게도 주기를.

장밋빛 노을이
꽃보다 예쁜 아침에

여여 합장

산꽃차·산야초효소 이야기

꽃 말리기

건조된 꽃차

꽃이 내게로 와

꽃차 우리기

108산야초효소 발효실

여여스님 다실

꽃으로 그린 만다라